L'héritier d'un royaume

SHARON KENDRICK

L'héritier d'un royaume

Traduction française de
MARGUERITE GUILLEMET

AZUR

HARLEQUIN

Collection : Azur

Titre original :
THE KING'S HIDDEN HEIR

HARPERCOLLINS FRANCE
83-85, boulevard Vincent-Auriol, 75646 PARIS CEDEX 13
Service Clients — www.harlequin.fr
ISBN 978-2-2805-1310-4 — ISSN 0993-4448

Édité par HarperCollins France.
Composition et mise en pages Nord Compo.
Imprimé en février 2025 par CPI Black Print (Barcelone)
en utilisant 100% d'électricité renouvelable.
Dépôt légal : mars 2025.

FSC
www.fsc.org
MIXTE
Papier issu de sources responsables
FSC® C159065

Pour limiter l'empreinte environnementale de ses livres, HarperCollins France s'engage à n'utiliser que du papier fabriqué à partir de bois provenant de forêts gérées durablement et de manière responsable.

1

Londres

La lumière de l'aube auréolait son corps : chaque muscle était baigné d'or pâle, et il avait jeté, d'une façon intime, sa cuisse puissante en travers de sa hanche. Elle était nichée là où elle voulait être. Avec lui. Près de lui. Au creux de lui.

Et, à de nombreuses reprises pendant la nuit… sous lui.

La peau encore tiède de plaisir, Emerald laissa glisser son regard sur lui pour boire encore une fois sa beauté des yeux.

— Je ne dors pas, tu sais.

Sa voix, aux tonalités étrangères, s'éleva auprès d'elle et elle rougit. Elle ne savait pas quoi faire : elle n'avait jamais été dans une telle situation. Le sexe était la partie la plus facile à improviser : c'était l'émotion qui allait avec, le problème. Pouvait-elle dire à voix haute ce qu'elle considérait comme un fait incontestable ?

— C'était incroyable, soupira-t-elle.

— C'est vrai.

D'un doigt, elle suivit le relief élégant de son bras.

— Vraiment ?

— Vraiment, acquiesça-t-il en retirant sa jambe.

La perte de son contact la fit frissonner.

— Mais tu aurais dû me le dire, ajouta-t-il.

Elle aurait pu faire semblant de ne pas comprendre, mais son ton avait, pour la première fois, une touche froide qui ne laissait aucune place au doute : un homme comme lui n'accepterait pas l'hypocrisie et le mensonge.

Un homme comme lui... Que savait-elle, réellement, des « hommes comme lui » ? Il était prince. Il était milliardaire. Il était pris en chasse par toutes les femmes qui croisaient sa route, et pourtant, c'était elle qu'il avait choisie. Elle avait encore du mal à y croire. Elle ne connaissait pas son statut, et ne s'en souciait pas, lorsqu'elle l'avait rencontré. Au club de gentlemen où elle travaillait pour arrondir ses fins de mois difficiles, il lui avait plusieurs fois tendu son superbe manteau de cachemire, elle lui avait donné un ticket en échange, et elle s'était perdue dans la brillance saphir de ses yeux. Non : elle y avait perdu son cœur, immédiatement.

Elle ne l'avait pas montré, bien sûr. Elle n'était pas stupide.

Leurs vies ne pouvaient pas être plus différentes. Il lui avait déjà expliqué que cette nuit serait unique et qu'aucune relation sérieuse n'en découlerait ; elle avait répondu que peu lui importait. Elle avait presque réussi à s'en convaincre elle-même.

Après tout, la magie ne touchait que rarement le quotidien d'une femme comme elle, n'est-ce pas ? Elle n'aurait pas d'autres chances comme celle-ci ; elle l'avait saisie. Elle avait passé la nuit la plus incroyable de sa vie, et maintenant, elle allait devoir revenir à la réalité de la façon la plus pragmatique qui soit : elle allait prétendre qu'elle non plus ne voulait plus le revoir.

2

Northumberland, six ans plus tard

Sur l'écran, il semblait la regarder droit dans les yeux, et sa simple vue suffisait à lui serrer douloureusement le cœur. Emerald détourna le regard. Elle ne s'attendait pas à être si bouleversée, pas après six ans. Son esprit était encore plein d'images inopportunes, et du souvenir de ses traits aristocratiques, de sa peau au hâle olivâtre. De ses cheveux épais, aussi sombres que l'aile d'un corbeau. Son regard d'un bleu intense, descendu tout droit des Grecs qui avaient envahi son pays cinq cents ans plus tôt... Quoique ses lèvres sensuelles lui semblent plutôt être le produit de ses racines italiennes.

Le cœur battant, elle se détourna de l'ordinateur. Sa sœur, Ruby, venait de faire irruption dans la petite cuisine de leur maisonnette.

— Tu as vu les infos ? s'enquit-elle.

Emerald laissa échapper un soupir. Elle n'avait touché ni à son thé ni à ses tartines, ce qui en disait plus long qu'une explication verbale.

— Oui, bien sûr, répondit-elle en soutenant le regard inquiet de sa jumelle. Internet en fait déjà des gorges chaudes. J'essaye de me dire que ça ne me concerne pas, mais je n'arrive pas à détourner le regard.

— C'est normal, Emerald. La vraie question, c'est... Qu'est-ce que tu vas faire ?

De nouveau, Emerald laissa son regard voguer vers le beau visage de Kostandin. Devait-elle vraiment faire quoi que ce soit ? Ne pouvait-elle pas plutôt se cacher la tête dans le sable et faire comme si de rien n'était ? Après tout, lorsqu'il lui avait dit au revoir, un matin brumeux, Kostandin avait été clair : il n'avait absolument pas l'intention de la revoir. Il n'avait pas été cruel, mais il avait été précis :

« Oublie-moi pour toujours, Emerald. Je ne suis pas disponible, et cela ne changera pas. Compris ? »

Bien sûr, elle comprenait. Il était l'héritier d'une couronne et elle gardait les manteaux dans un vestiaire. Ils avaient partagé une nuit : un coup d'un soir. Rien de plus. Il était honnête, et elle était réaliste. C'était aussi simple que cela.

Mais elle s'était trompée sur ce point : rien n'avait plus jamais été simple.

Car, quelques jours après leurs ébats passionnés, le frère aîné de Kostandin avait été tué dans un accident de chasse, et le prince Kostandin était devenu, du jour au lendemain, le roi Kostandin de Sofnantis. Puis tout s'était accéléré : si son amant lui avait confié entre les draps qu'il ne comptait jamais se marier, il avait pourtant épousé la fiancée de son défunt frère pendant le mois qui avait suivi, avec une hâte presque indécente ; et depuis, ils vivaient heureux pour toujours !

En tout cas, c'était ce qu'elle et le reste du monde pensaient. Les photos de presse publiées par le palais ne laissaient aucun doute et lui arrachaient toujours une grimace : des images de félicité parfaite. Seulement voilà, les dernières nouvelles avaient pris l'opinion publique par surprise. Le roi et la reine de Sofnantis avaient divorcé récemment, dans le plus grand secret, à l'amiable. Le couple avait demandé qu'on respecte leur vie privée et n'avait pas commenté leur situation.

Et maintenant, Kostandin était en visite officielle à Londres. Pour la première fois depuis six ans, il était si proche, non plus une entité lointaine, enfermée dans un palais rutilant, mais une réalité. N'était-ce pas le destin qui offrait à Emerald cette opportunité de mettre enfin à exécution ce qu'elle avait eu l'intention de faire, des années auparavant ? D'avouer un secret que sa conscience ne voulait plus garder, malgré son angoisse ?

— Si tu veux mon avis, tu ne devrais rien dire. Il ne voudra pas te voir et tu vas en souffrir, déclara sa sœur sans prendre de pincettes.

— Je sais. Mais peu importe ce que je ressens, pas vrai ? Il a un fils, et il a le droit de le savoir.

— Et tes droits à toi, alors ? s'enquit Ruby. Tes besoins ? Il est roi, Emerald ! C'est l'un des hommes les plus puissants du monde. Il ne t'a jamais recontactée. Tu ne penses pas que, si tu réapparais dans sa vie avec un fils et héritier tout neuf, il risquerait de...

Ruby s'interrompit, puis reprit avec plus de délicatesse :

— Il tenterait de te prendre Alek ?

— C'est impossible, martela Emerald, même si la peur commençait à monter en elle. On ne vole plus leurs enfants à leurs mères comme au Moyen Âge !

— Est-ce que tu en es sûre, Emmy ? Parce qu'il peut avoir tout l'argent du monde, il y a une chose qu'il n'a toujours pas : c'est un héritier. C'est important, pour un roi, non ? Tu ne penses pas qu'il risque de voir Alek, un petit garçon adorable, bien élevé, beau comme un cœur, et de décider qu'il le veut pour lui-même ? Pour son pays ? Et qu'il a le pouvoir de se l'approprier ?

— Tu vas un peu vite en besogne, non ? Je ne vais pas emmener Alek. Je veux juste lui rendre visite, réfléchir à la meilleure façon de le lui dire. S'il se comporte comme un tyran instable et horrible, je repartirai sans lui avoir rien dit, et puis voilà.

— Mais j'imagine que tu n'aurais pas passé la nuit avec lui si tu avais trouvé qu'il n'était qu'un horrible tyran, hum ?

Qu'aurait dit Ruby si elle lui confessait qu'elle le connaissait à peine lorsqu'elle était tombée dans ses bras ? Elle n'avait pas menti sur la brièveté de sa liaison avec lui, mais elle n'avait pas osé avouer tous les détails à sa sœur. D'une certaine façon, elle avait un peu honte de s'être retrouvée enceinte d'un homme avec qui elle n'avait partagé que quelques mots de flirt au détour du vestiaire, lorsqu'il passait à son club, avant qu'il ne lui propose un soir d'aller au restaurant. Le monde, soudain, avait été baigné d'étoiles et de rêves.

Elle n'était pas la première femme à se laisser emporter par le fantasme d'un homme sublime et d'un soir exaltant, pas la première femme à être enceinte par accident ; elle ne serait pas la dernière. Mais, malgré les peurs de sa sœur, malgré ses propres craintes, elle savait qu'elle ne pouvait pas garder le secret plus longtemps. Elle devait la vérité à son fils et à Kostandin.

Cependant, voir le roi de Sofnantis serait difficile. Il ne se déplaçait plus librement, comme il aimait le faire avant qu'il accède au trône. Elle cliqua sur la liste de ses visites officielles planifiées à Londres. Un banquet était organisé en son honneur à Buckingham Palace le soir même. Le lendemain, une parade militaire célébrerait les échanges entre l'Académie militaire d'Angleterre et celle de Sofnantis. Dans les deux cas, la garde sécurisée serait aussi rigide que celle d'une prison. Elle déroula la liste jusqu'à ce que ses yeux trouvent ce qu'ils cherchaient :

Le roi organisera un cocktail privé à son ancien club, sur le Strand. Le directeur du célèbre Colonnade Club a exprimé « son bonheur et son honneur » à l'annonce de cette nouvelle.

Emerald referma son ordinateur et, sous le regard suspicieux de sa sœur, s'enfuit à l'étage.

Le modeste cottage qu'elle partageait avec son fils et sa jumelle était censé avoir trois chambres, mais même l'œil le plus optimiste n'aurait pu décrire la sienne comme autre chose qu'un petit débarras. C'était Alek qui avait la plus grande chambre, et il était bien juste que Ruby ait la moyenne, puisqu'elle lui avait offert son soutien et son aide lorsque Emerald avait bouleversé leur vie avec une grossesse surprise. Ruby l'avait aidée, toutes ces années. L'existence était plus facile maintenant qu'Alek allait à l'école, bien sûr. Elle l'imaginait, à cet instant, son visage adorable penché sur son livre, ses cheveux noir de jais bouclant sur son front...

Un frisson d'angoisse la prit au cœur.

Avait-elle raison de mettre leur précaire équilibre en péril ?

Elle attrapa son téléphone et, dans ses contacts, retrouva les numéros qu'elle n'avait pas utilisés depuis bien longtemps. Le premier ne répondit pas ; le deuxième n'était plus attribué. Le troisième appel porta ses fruits, néanmoins, et une voix féminine et familière lui répondit aussitôt :

— Emmy ? C'est toi ?

— C'est moi. Comment vas-tu, Daisy ?

— Oh ! moi, je vais bien, mais c'est à toi que je devrais poser cette question ! Tu nous as quittés du jour au lendemain !

Emerald retint une grimace. Elle n'avait pas su quelle excuse donner à l'époque, et rien n'avait changé. Personne n'était au courant qu'elle était enceinte lorsqu'elle avait quitté Londres. La situation exigeait qu'elle reste discrète.

— Oh ! j'ai juste décidé de laisser tomber la vie urbaine et de vivre à la campagne. Et puis, c'était moins cher pour moi et ma sœur d'ouvrir notre service de pâtisserie dans le Northumberland.

Ce n'était pas un mensonge...

— Tu ne travaillerais pas toujours au Colonnade Club, à tout hasard ? poursuivit-elle.

— Oh ! si. J'ai même été promue. Je m'occupe de l'organisation des services, maintenant.

— Vraiment ? Bravo !

— Tu nous as manqué, Emmy. Tous les membres du club avaient un faible pour toi.

Un membre en particulier, surtout. Quoique Kostandin aurait probablement froncé le nez si on l'avait accusé d'avoir « un faible » pour elle. Ou était-elle injuste ? Elle ne pouvait pas en vouloir à Kostandin de ne lui avoir offert qu'une nuit sans attaches : s'il avait flirté avec elle, elle l'avait fait elle aussi avec autant d'enthousiasme, et ils étaient tombés dans les bras l'un de l'autre à armes égales.

— Justement, répondit-elle, le cœur battant. Je serai à Londres la semaine prochaine. J'adorerais te voir, et… J'avoue que les temps sont un peu durs. Vous n'auriez pas besoin d'un peu d'aide extérieure, au club ?

Un silence à l'autre bout du fil, puis :

— Peut-être, dit enfin Daisy en baissant la voix. Écoute, je ne devrais pas en parler, mais… Tu te souviens du prince taillé comme un dieu qui venait au club de temps en temps ? Il est devenu roi depuis.

Un rictus railleur, un corps musclé, une cuisse puissante jetée sur sa hanche… Oui. Elle se souvenait de tout.

— Euh, oui, vaguement.

— Il organise une petite sauterie ici la semaine prochaine. Il est nostalgique, j'imagine. Il a invité des membres du club et tout un tas de personnes extérieures. Ce serait bien d'avoir une paire de mains supplémentaire pour aider à l'effort de guerre – quelqu'un en qui nous avons confiance.

C'était trop beau pour être vrai. Emerald hocha la tête.

— Ce serait super, Daisy. Je te dois une fière chandelle.

— Pas de problème ! Viens vers 17 heures samedi, d'accord ? Je m'arrangerai pour te trouver un uniforme.

Kostandin observait la foule d'invités s'agglutiner entre les hautes colonnes de la salle de réception. Chacun d'entre eux tentait avidement de croiser son regard. Avait-il fait une erreur, en revenant à son ancien club ? En espérant, un instant, retrouver un fragment de l'homme qu'il avait été ? N'était-ce pas ici, à Londres, qu'il avait goûté à la tentation de la liberté, avant que les restrictions des responsabilités royales ne viennent l'étouffer comme une camisole de force ?

Sa vie d'avant n'était plus qu'un rêve lointain. Ces jours enivrants, pendant lesquels il se déplaçait librement, presque anonymement, sans se soucier de son titre. Après tout, il n'aurait jamais dû régner. L'entreprise qu'il avait montée lui versait d'immenses dividendes, et un tout nouveau développement de moteurs à induction avait fait de lui un des hommes les plus riches de la planète. Quand les plus naïfs lui demandaient pourquoi il s'acharnait à travailler si dur alors que le droit de sa naissance lui aurait assuré une vie de paresse, il s'était toujours contenté de hausser les épaules et de les laisser tirer leurs propres conclusions.

La vérité, c'était qu'il avait vu son père brisé par la faiblesse et la sentimentalité, et son frère corrompu par l'excès et la cupidité. Dès son adolescence, il avait mis un point d'honneur à tracer son propre chemin plutôt que de profiter des coffres prétendument débordants de son pays natal. Plutôt que de suivre les pas de ses aînés. Mais le destin, toujours cruel, était intervenu : l'irréductible piège du trône avait refermé ses mâchoires sur lui.

Il laissa voguer son regard sur l'architecture bien reconnaissable du club londonien. L'établissement était un monument historique et se proposait comme un lieu de rencontre discret à ses riches et puissants habitués. Cependant, pour Kostandin, le Colonnade Club était plus qu'un territoire neutre où passer des accords avantageux – c'était l'endroit où il l'avait rencontrée, elle. La femme qui l'avait ébloui, avec son corps et avec son esprit ; la femme avec qui il s'était comporté d'une façon si peu caractéristique. Avant Emerald, il n'avait eu de relations qu'avec des femmes de sa classe sociale : c'était plus simple comme cela. Pourtant, c'était avec cette presque inconnue, cette préposée au vestiaire, qu'il avait passé la nuit la plus sensationnelle de sa vie. Cette petite blonde espiègle et fervente, qui lui avait offert son corps avec une ardeur dont il n'avait jamais fait l'expérience. Son souvenir suffisait à l'exciter. N'avait-il pas maintes fois rêvé d'une autre nuit avec elle, juste une seule, pour apaiser le manque qui le tourmentait encore ? N'était-ce pas une des raisons secrètes qui l'avaient poussé à revenir ici, ce soir ?

Son secrétaire particulier, qui le suivait à la trace depuis le début de la soirée, chuchota discrètement :

— Miles Buchanan et sa femme sont là, Votre Majesté, et ils veulent absolument vous rencontrer. Vous vous souvenez : ils ont fait un don très important à votre fondation il y a peu.

— Oui, oui, répondit Kostandin en tentant de ne pas laisser filtrer son impatience. Amène-les-moi.

— Bien sûr, Votre Majesté.

Kostandin regarda son secrétaire se frayer un chemin vers l'élégant couple, mais il était si perdu dans ses pensées qu'il ne perçut pas immédiatement la voix qui s'était élevée derrière lui. Brisant sa transe, un toussotement se fit entendre, suivi de :

— Excusez-moi, Votre Majesté.

Il revint à la réalité avec un sursaut. Immédiatement, il fit retomber sur ses traits le masque de distance austère qu'il avait été obligé d'adopter depuis que la nouvelle de son divorce avait été rendue publique (la gent féminine semblait déterminée à chasser les têtes couronnées). Il s'apprêtait à rabrouer l'impudente qui violait le protocole royal en lui adressant la parole avant qu'ils ne soient présentés, mais l'avertissement mourut sur ses lèvres, remplacé par un coup en plein cœur.

Un visage en forme de cœur et de grands yeux verts. Des

cheveux solaires, épais et soyeux, attachés en chignon soigné – cette même crinière qu'il rêvait de voir de nouveau déployée sur son torse, juste avant qu'il n'y glisse les doigts, caresse l'angle délicat de sa mâchoire, et… et…

Il ne rêvait pas. C'était bien elle.

— Toi…, laissa-t-il échapper dans un souffle.

C'était une impulsion étrange… Il mesurait toujours chacun de ses mots, surtout depuis qu'il était roi.

— Bonsoir, Votre Majesté.

Elle lui présenta un plateau, mais il ignora les flûtes de champagne pour se concentrer plutôt sur son chemisier blanc et la jupe moulante, un uniforme qui ne cachait en rien les courbes délicieuses de son corps enivrant. Déjà, à l'époque… Il se souvenait encore de la façon dont il avait arrimé ses mains à ses hanches… Il se souvenait de s'être perdu en elle…

Son cœur battait à toute allure. Il s'était refusé au plaisir trop longtemps, de toute évidence. Cette réaction était disproportionnée.

— Emerald, dit-il d'un ton brusque.

— Dieu merci ! s'exclama-t-elle avec un sourire. Tu te souviens de mon nom.

— Tu en doutais ? railla-t-il, tendu de désir et amusé malgré lui. Il faut dire que tu portes un badge.

— Oh… C'est vrai, dit-elle en rougissant.

— Et puis, c'est un prénom qu'on n'oublie pas.

Elle rit et soutint son regard. D'une voix aussi basse que la sienne, elle répondit :

— C'est aussi le cas de Kostandin.

Prononcer son prénom en public était bien plus qu'une simple entorse au protocole. Il aurait dû la congédier, bien sûr. C'était le meilleur choix possible. Le plus généreux, aussi. Après tout, il n'était plus l'homme qui avait flirté avec elle à chaque fois qu'il croisait sa route, dans la petite pièce annexe qu'ils appelaient le vestiaire. Surtout, il n'était plus l'homme qui avait retiré sa petite culotte avec les dents et l'avait fait glousser d'exultation. Peut-être avait-elle besoin qu'on lui rappelle que le trône l'avait métamorphosé.

Peut-être avait-il besoin de s'en souvenir également.

Pourtant, il soutenait son regard et savourait le rose qui lui montait au visage. Il n'aurait pas dû se trouver ainsi à la merci de ses sens. Il s'était demandé, pendant toutes ces années, si ce désir primitif qu'il avait pour elle aurait diminué ; s'il avait idéalisé leur connexion. Visiblement, ce n'était pas le cas.

Cependant, il n'avait plus le droit de fréquenter une femme comme elle. En réalité, il n'en avait jamais eu le droit. Alors pourquoi était-il si tenté d'oublier ses propres principes ? Pourquoi une petite voix lui souffla-t-elle qu'il pouvait bien profiter de ce que le monde entier tenait pour acquis ? Que cette forme archaïque du devoir, celle qu'on lui avait imposée à la mort de son frère, n'aurait pas dû lui interdire de goûter au plaisir ? Après tout, pourquoi ne la reverrait-il pas, une fois, juste une seule fois, au nom de la nostalgie qu'il avait pour des jours plus heureux ?

— Je suis étonné que tu sois toujours là. Tu pensais à quitter Londres, non ?

— Et moi je suis étonnée que tu t'en souviennes, répondit-elle.

— Je me souviens de tout, Emerald, susurra-t-il. Et toi ?

Ses longs cils battirent, mais ne parvinrent pas à cacher le trouble qui dansait dans ses incroyables prunelles. Elle entrouvrit les lèvres, un mouvement qui évoqua à Kostandin la myriade d'images qu'il avait travaillé à enfouir. La douceur de sa peau ; la sensation de sa bouche autour de lui et de la jouissance qu'il avait déversée sur sa langue. Son nom sur ses lèvres. Le son exalté de ses cris lorsqu'il s'était enfoui en elle et s'était perdu pour de bon. Il n'avait jamais su comment l'expliquer, mais avec elle, le sexe avait été si différent…

— J'ai très bonne mémoire, sourit-elle.

— Oh ! vraiment ?

C'était l'encouragement dont il avait besoin : cette complicité érotique, ce désir qu'elle n'avait pas honte de partager. Malgré son statut très humble, Emerald Baker s'était avérée être l'amante idéale : leur première nuit était restée parfaitement secrète, et elle n'avait pas cherché à reprendre contact. Elle n'avait donné aucune information à la presse, alors que les magazines étaient toujours férus d'intrigues royales et auraient payé des mille et des cents pour une histoire comme celle-ci, surtout après la mort de son frère. Oui : la petite blonde de Londres avait été la parfaite candidate pour une liaison brève, incroyablement jouissive, et parfaitement anonyme.

Pourquoi ne pas réitérer l'expérience ? Juste une fois. Pour purger son souvenir. Aucune promesse. Pas de cœur brisé. Deux adultes consentants, exultant dans les bras l'un de l'autre. Du coin de l'œil, il vit Lorenc revenir dans sa direction à pas mesurés. S'il voulait goûter à cette liberté interdite, il lui faudrait agir vite.

— Emerald...

— Puis-je vous proposer un verre, Votre Majesté ?

— Non, dit-il en levant discrètement l'index en direction de son secrétaire pour lui signifier en silence de ne pas approcher. Mais nous pourrions nous voir après ? Si tu le souhaites, à moins que tu aies d'autres engagements ?

Un éclair de plaisir passa sur son joli visage, mais disparut aussitôt, tempéré par quelque chose qu'il ne parvint pas à analyser. Il fronça les sourcils, mais la moue de ses lèvres pulpeuses l'apaisa bien vite.

— Non, j'en serais ravie. À vrai dire...

Il l'interrompit d'un geste impatient :

— J'ai des gens à voir, Emerald. À quelle heure finit ton service ?

Une pause, puis :

— Je termine à 23 heures.

Il leva les yeux vers la pendule sculptée du grand hall. Il était encore tôt, et il n'avait pas l'intention de se tourner les pouces en l'attendant pendant des heures. Il n'avait jamais attendu une femme et n'allait pas commencer maintenant. Peut-être pourrait-il demander que la bibliothèque, à l'étage, lui soit rendue disponible afin qu'il puisse travailler jusqu'à la fin de la soirée. Faire d'une pierre deux coups.

— Très bien. Ma voiture t'attendra derrière le club. Sois discrète, d'accord ? s'enquit-il d'une voix soyeuse. Nous ne voudrions pas révéler nos petits secrets au monde entier, n'est-ce pas ?

— Non, bien sûr que non, répondit-elle en souriant, mais il ne put s'empêcher de remarquer que les verres sur le plateau tintaient légèrement, comme si sa main avait tremblé.

3

Le pouls d'Emerald battait la chamade lorsqu'elle émergea de l'entrée de service, à l'arrière du club, et reconnut la limousine rutilante garée dans l'ombre – avec, derrière elle, une autre voiture abritant sans doute ses gardes du corps. Emerald avait été déchirée par l'indécision pendant qu'elle se changeait dans le vestiaire : avait-elle bien fait d'accepter ce rendez-vous nocturne ? Aurait-elle plutôt dû proposer une rencontre à la froide lumière du jour ? Mais, dans ce cas, il aurait sans doute refusé. Et qu'aurait-elle suggéré, s'il avait par miracle accepté ? De le voir dans un café anonyme ? Ni ses conseillers ni ses gardes du corps n'auraient autorisé un tel risque. Non, il valait mieux prendre le taureau par les cornes, ce soir, et tenter tant bien que mal de ne pas se laisser distraire. Elle n'était pas venue pour flirter avec lui, malgré la tentation qu'il représentait. Elle devait rester calme et logique.

Elle s'avança, la bouche sèche, les mains moites, instable, sur les hauts talons que Ruby avait absolument voulu lui prêter, parce qu'elle ne « pouvait pas voir le roi en baskets ». Elle avait pris les chaussures, mais pas la robe qui allait avec. Contrairement à elle, Ruby suivait la mode : Emerald, elle, préférait toujours le confort à l'esthétique. Et ce soir, plus que jamais, il était impératif qu'elle se sente elle-même, plutôt qu'une impostrice en passe de mentir à un entretien d'embauche. Pour faire plaisir à sa sœur, elle avait tout de même laissé ses cheveux détachés au lieu de les tresser ; dans le vent glacé, ils lui battaient maintenant le visage.

Pourtant, malgré toutes ses angoisses, la soirée s'était déroulée bien mieux que prévu. C'était le roi, et non elle, qui avait suggéré leur rendez-vous. Elle n'avait pas eu besoin de supplier face à son mépris ; ou pire, et c'était cela, sa plus grande peur : de lui rappeler qui elle était. Il l'avait reconnue, Dieu merci. Mais elle était tout de même terrifiée, terrifiée de la façon dont il allait réagir, terrifiée de ce qu'elle ressentait en sa présence, même aujourd'hui. Comment ce corps, dont elle avait négligé les besoins pendant six ans, pouvait-il avoir ainsi été ressuscité par un simple regard ? Son cœur était parti au galop, et dès que Kostandin avait baissé les yeux sur son badge, ses tétons s'étaient durcis. Comment parvenait-il donc à l'attiser ainsi, avec quelques mots laconiques et un regard railleur ?

Parfois, elle se demandait si elle parviendrait un jour à rester indifférente à son charme, mais ce soir lui avait prouvé que cette prouesse était pour l'instant impossible. Au contraire, il lui avait semblé plus irrésistible encore… Après tout, ce n'était pas surprenant : le pouvoir était un aphrodisiaque, et il était maintenant l'un des hommes les plus puissants du monde. Lorsqu'il était entré dans la grande salle du Colonnade Club, la foule s'était tue, foudroyée par sa présence. L'assemblée l'avait dévoré du regard. Et Emerald avait immédiatement compris combien il avait changé. Son regard était froid, sa bouche impitoyable, comme s'il était enfermé dans une prison de glace ; comme si son nouveau titre le séparait du monde.

Comme dans un rêve, elle traversa la rue pavée et remercia le chauffeur qui lui tenait la portière ouverte, avant de se glisser sur la luxueuse banquette de la voiture. Cette nuit semblait irréelle : elle allait annoncer à un roi qu'il avait un fils. Elle allait devoir choisir son moment. Mais pas tout de suite, pas alors que Kostandin, les traits plongés dans l'ombre, se tournait vers elle.

Lorsqu'elle croisa son regard scintillant, elle se fit violence pour ne pas laisser paraître sa nervosité. Elle devait se raccrocher à son indépendance et à son courage, car ce seraient ses seules armes.

— Tu es venue, murmura-t-il.

— Tu en doutais ?

— Non, rétorqua-t-il en souriant.

— Les femmes ne refusent pas l'opportunité d'une virée romantique avec un homme comme toi, j'imagine ?

— Une « virée romantique » ?

Ses yeux sombres se firent moqueurs. Elle pria pour ne pas rougir, mortifiée.

— Non, reprit-il, je voulais simplement dire que les gens sont prévisibles, lorsqu'ils sont en présence d'un membre de la famille royale. Et mes invitations ne sont, soyons honnêtes, jamais déclinées.

— Je devrais te plaindre ? le défia-t-elle dans l'espoir de noyer son propre embarras.

Son sourire nonchalant s'élargit.

— Loin de moi l'idée de te dicter ce que tu dois ressentir.

Un éclair électrique craquela entre eux. Emerald frissonna. Cette intimité verbale, physique, innée n'avait pas changé, et oh, n'était-ce pas délicieux ? Pendant ces nuits solitaires qui avaient suivi leur liaison, elle s'était parfois demandé si elle avait imaginé leur alchimie. Si elle l'avait embellie pour justifier ses choix. Mais ce soir… Ce soir, elle voyait qu'il n'en était rien.

Pendant une seconde, alors qu'elle soutenait son regard brûlant, elle crut qu'il allait se pencher pour l'embrasser. Bien sûr, il n'en fit rien. Bien sûr, elle était stupide, et un élan de frustration déçue la saisit. Elle s'était promis de ne pas se laisser distraire : il allait falloir qu'elle lui fasse ses aveux au plus vite, si elle ne voulait pas se mettre en danger.

— Kostandin…

Mais la voix du chauffeur dans l'intercom l'interrompit et s'éleva dans une langue qu'elle ne comprenait pas. Kostandin étouffa un sifflement d'agacement.

— Que se passe-t-il ?

— Les paparazzis nous attendent.

— Pas étonnant. Les journaux ont publié les étapes publiques de ton emploi du temps, tu sais.

— Bien sûr, mais je n'avais pas prévu d'avoir une passagère, et particulièrement une belle inconnue dont les attraits risquent de nourrir leurs spéculations *ad vitam aeternam*.

« Une belle inconnue ». Emerald s'efforça de ne pas s'attarder sur le compliment.

— Que veux-tu faire, alors ? s'enquit-elle plutôt. Je peux sortir discrètement et aller prendre le bus.

— Ne sois pas ridicule. Tu vas juste devoir rester discrète.

— Discrète ?

— Aussi discrète que le bon goût du Colonnade en matière de vin, et de nourriture, railla-t-il.

— Oui, je me souviens que tu aimais critiquer le club, même à l'époque. Tu n'étais pas obligé d'être membre, tu sais.

— Ah, mais il y avait bien d'autres avantages, riposta-t-il de cet air insolent qui la faisait toujours frémir.

— Oh ? dit-elle, avec une innocence factice, sans pouvoir s'empêcher d'entrer de nouveau dans cette joute verbale qui aiguisait leur séduction mutuelle. Comme... ?

— L'emplacement, en plein centre de Londres, évidemment.

— Évidemment. Et un parking réservé, n'oublie pas.

— Absolument, ronronna-t-il avec un demi-sourire.

Il se tourna vers la fenêtre teintée et jeta un regard au-dehors.

— Ce que je voulais dire, c'est que tu vas devoir t'allonger sur la banquette quand nous quitterons le club. C'est la seule façon d'éviter que les photographes t'aperçoivent par la fenêtre. Mais si tu préfères partir maintenant, je le comprendrai. Un de mes gardes du corps te ramènera chez toi en voiture. Le choix t'appartient, Emerald. À quel point désires-tu ma compagnie ?

Son sourire moqueur était un défi. Il savait, aussi bien qu'elle, qu'elle désirait vraiment sa compagnie ; mais sans doute pas pour les raisons qu'il imaginait.

— Je peux rester discrète, fit-elle.

Il tapa d'un doigt autoritaire sur la cloison qui les séparait du chauffeur.

— Sème-les, ordonna-t-il avant de se tourner vers elle. Il faut voir tout cela comme un jeu. C'est la seule façon de survivre à cette étrange vie qui est la mienne.

— Tu veux dire que tu ne prends rien au sérieux.

— Pas exactement... Mais je me distrais comme je peux. Tu es prête ?

— Je suis prête.

Après tout, il ne lui demandait pas grand-chose, et elle aussi pouvait voir l'humour de la situation. Il fallait dire qu'elle était plus habituée au dur labeur qu'au divertissement : elle avait passé les cinq dernières années à jongler entre les couches et les responsabilités professionnelles, sans compter les soucis qui allaient avec. Elle avait économisé, compté, recompté. Quand Alek était couché – jamais assez longtemps –, elle avait fait des gâteaux et revu les comptes de leur commerce ; elle avait gardé tout son argent pour son fils chéri et s'était contentée de fripes et d'articles de seconde main pour elle-même. Alors jouer à cache-cache dans une limousine ? Oui, bien sûr qu'elle parvenait à le voir avec humour.

Elle s'abaissa sur la banquette, se rendant invisible de l'extérieur, pendant qu'une myriade de flashs éclairaient l'habitacle, accompagnés de cris. La voiture accéléra immédiatement. Face à elle, Kostandin avait sorti son portable et regardait son écran d'un air sombre.

— Confortable ? lança-t-il.

— Extrêmement. J'adore faire un peu de yoga après mon service.

Il lâcha un petit rire, mais secoua presque aussitôt la tête.

— Il n'y en a pas pour longtemps. Maintenant, arrête de me distraire, tu veux ? Il faut que je réponde au message d'un de mes secrétaires.

C'était lui qui avait ouvert la conversation, mais elle n'allait pas tenter le diable. Elle sombra dans le silence, le cœur encore battant. Même ainsi, dans cet état d'anxiété, elle savourait sa proximité. Son parfum de santal et de cuir qu'elle n'avait jamais oublié. Oh ! comme il était facile de se souvenir, ainsi, de la sensation de sa peau sous ses doigts. De toutes les façons dont il l'avait possédée, cette nuit-là. De l'extase impossible qu'elle avait ressentie, encore et encore, lorsqu'il l'avait fait jouir. Tout cela était intensément doux-amer, mais rien n'avait changé : elle le désirait toujours, avec une passion violente. Elle ferma les yeux jusqu'à ce qu'il lui frôle l'épaule d'une main bien plus douce que ne l'avait été sa voix, quelques minutes plus tôt ; le contact la fit trembler.

— Tu peux te rasseoir, dit-il doucement.

Elle se redressa contre le dossier, et, pour reprendre ses moyens, jeta un œil au-dehors. Il n'y avait plus à l'extérieur que les lumières familières de la circulation londonienne.

— Où sont les paparazzis ?

— Probablement très loin. Mon équipe de sécurité a envoyé un leurre dans une autre direction pour les appâter. La presse est remarquablement facile à manipuler.

Emerald étudia attentivement son visage.

— Est-ce que c'est toujours comme ça ? demanda-t-elle.

— La nature de ma nouvelle profession est aussi étrange que solitaire, dit-il en haussant les épaules. C'est pire en ce moment, évidemment.

— À cause du divorce, j'imagine ?

— Entre autres.

Lorsqu'elle lui avouerait l'existence d'Alek, ils devraient avoir ce genre de conversations : des discussions d'adultes, nécessaires pour élever un enfant. Et puis, c'était aussi une façon de remplir le silence et de paraître pragmatique, alors qu'elle cachait un tourbillon d'émotions malvenues. D'une voix pleine de compassion, elle s'enquit :

— Ça a été très difficile ?

— Je ne veux pas en parler, la rabroua-t-il sans ambages.

— Oh. Non, bien sûr. Ça ne me concerne pas.

— Exactement.

Son ton s'était fait dur et impitoyable. Elle voyait sans peine qu'il cachait sa souffrance derrière un mur de glace... Et elle s'apprêtait à bouleverser sa vie avec une révélation qui ne ferait que compliquer son existence. Elle retint une grimace. Elle doutait qu'il accueille bien la nouvelle.

Bientôt, la voiture bifurqua dans une rue jouxtant Regent Park et s'engouffra entre de hautes grilles de fer forgé, au-delà desquelles Emerald entrevit, dans l'ombre, une allée d'arbres et le mouvement des chiens. Le chauffeur se gara sur le gravier et leur ouvrit la porte.

— Bienvenue à l'ambassade de Sofnantis, déclara Kostandin.

Emerald posa un pied à terre et leva les yeux vers l'incroyable manoir, le souffle coupé.

— Tu aimes ?

Comment aurait-elle pu ne pas aimer ? La bâtisse semblait sortie d'un autre monde, un monde d'élégance et de grandeur. Elle n'avait jamais vraiment été témoin de ce côté royal, six ans plus tôt, et le fossé qui les séparait s'imposa à elle, plus tangible que jamais.

— Est-ce qu'il y aura, euh, des domestiques ? hésita-t-elle.

— Si tu veux des domestiques, je peux en faire venir une

légion. Je peux t'offrir tout le luxe et le faste que tu désires, Emerald. Tu n'as qu'un mot à dire.

Elle fronça le nez.

— Non merci, je m'en passerai.

Kostandin cacha sa surprise, mais n'en pensa pas moins. Les fioritures de son titre dynastique émoustillaient la plupart des gens ; tous se pâmaient devant l'attirail de la royauté : les palais, les bijoux, le pouvoir… Oui, le pouvoir, voilà qui les faisait frémir de désir !

Mais pas Emerald, il s'en souvenait. La couronne n'avait jamais fait partie du jeu : elle avait su qu'il était prince, oui, mais l'avait toujours traité comme un homme. La nuit qu'ils avaient passée ensemble découlait d'une décision impulsive, et elle s'était satisfaite de rester incognito. Pour ses propres standards, leur chambre au Granchester Hotel était assez bas de gamme, sans doute parce qu'il lui avait demandé de la réserver elle-même, à son nom. Sa carte avait été refusée, et elle avait admis qu'elle n'avait pas assez d'argent sur son compte pour une telle somme ; il se souvenait de son regard lorsqu'il avait fait glisser sa propre carte à travers le comptoir. Pendant une seconde, elle avait semblé prête à refuser.

Ensemble, ils montèrent les marches de marbre. Il avait demandé à son secrétaire personnel de ne pas se déranger, mais ce fut lui qui leur ouvrit la porte, observant du même coup la petite blonde avec intérêt. Comment Lorenc jugerait-il Emerald ? Désapprouverait-il le choix de son roi ? Imaginerait-il que, si ses cheveux blonds étaient ébouriffés, ce n'était pas à cause du vent et de la banquette, mais du fait d'une étreinte secrète au creux de la limousine ?

Ah, si seulement…

— Lorenc, je te présente Emerald…

— Baker, coupa-t-elle, comme si elle craignait qu'il ait oublié son nom, ce qui était tout à fait juste. Mais je vous en prie, tout le monde m'appelle Emmy.

— Enchanté, répondit son secrétaire. J'ai l'impression de vous avoir déjà vue...

— C'est normal, expliqua-t-elle en souriant. Je vous ai servi un verre au Colonnade Club tout à l'heure. Un jus de tomate, si je me souviens bien, puisque vous m'avez confié que vous ne buviez pas d'alcool pendant votre service.

Kostandin retint un petit rire en voyant le visage de son employé, qui, comme tous les diplomates, désapprouvait toujours la familiarité forcée entre inconnus.

— Je suis ravi de faire officiellement votre connaissance, mademoiselle Baker, répondit-il, formel au possible.

Kostandin mit fin aux présentations, amusé :

— Fais monter du champagne dans la suite Plavezero, Lorenc. Tu as faim, Emerald ?

Son prénom sur ses lèvres sembla la surprendre, et elle leva les yeux vers lui, les joues roses de trouble.

— Oh ! euh... Non.

Le cœur de Kostandin rata un battement. Savait-elle combien elle était enchanteresse lorsqu'elle rougissait ainsi ? Dans le plaisir aussi, sa peau cristalline se rehaussait de couleurs divines. Avec combien d'hommes, depuis sa première fois avec lui, avait-elle passé la nuit ? Un élan de jalousie incongrue le saisit ; il fronça les sourcils, stupéfié par ses propres pulsions. Le passé d'Emerald n'avait aucune importance : il voulait son présent, et les possibilités qu'il leur restait à explorer.

La suite Plavezero portait le nom de la capitale de son pays et était sertie de nombreux trésors. Les meubles, pour la plupart, étaient sculptés dans le plus précieux des merisiers, qui poussaient à foison au nord de Sofnantis, et leur couleur sombre était adoucie par les nuances d'antiques tapis de soie. C'était une très belle pièce, plus encore à la lumière dansante du feu dans la grande cheminée, mais Kostandin n'avait jamais été séduit par les fastes de la vie royale, même lorsqu'il était enfant. Surtout lorsqu'il était enfant.

Il retint un sourire amer en songeant au chaos du passé et aux événements qui l'avaient mené jusqu'ici. Il avait accepté le trône car il n'y avait pas eu d'autre choix. Il avait caché son dégoût et sa révolte dans l'ombre de nuits sans sommeil. Il avait fait son devoir. Depuis le début de son règne, Sofnantis était entrée dans une nouvelle ère de prospérité, car il n'aurait rien accepté de moins qu'un indéniable succès.

Mais il avait atteint sa limite. Il était vide. Il n'avait plus rien à donner. Il avait joué au souverain avec autant de talent qu'il le pouvait, mais il n'y avait jamais mis du cœur. Les caricatures de son pays le dépeignaient comme un homme austère, incapable de sourire, et elles n'avaient pas tort.

Les choses allaient changer. Bientôt. Le visage de son cousin s'imposa à lui. Le peuple de Sofnantis ne méritait-il pas un homme qui aimerait être roi, plutôt qu'un souverain qui ne voyait son statut que comme un fardeau ?

Ah, mais tout cela pouvait attendre encore un peu. Ce soir, il était tout à Emerald Baker.

Un domestique entra pour déposer un plateau de boissons avant de s'éclipser discrètement. Kostandin fit signe à Emerald de s'asseoir, mais elle secoua la tête, le visage sérieux. Elle se détourna ; elle avait les épaules raides, la posture tendue, et quoi que le fait de tourner le dos à un membre de la famille royale soit une entorse au protocole si grave qu'elle aurait fait pâlir Lorenc, Kostandin s'efforça plutôt de l'aider à se détendre :

— C'est un peu pompeux, je sais. Trop de breloques à mon goût.

— Kostandin...

Elle lui faisait de nouveau face, mais une nouvelle détermination avait pris possession de ses traits. Il n'y prêta pas attention : il était trop distrait par l'éclat de ses cheveux à la lueur de l'âtre.

— Si peu de gens m'appellent par mon prénom… Et certainement pas comme tu le fais.

Elle sembla surprise, arrêtée en pleine course.

— Oh ? Que veux-tu dire ?

— Tu veux vraiment le savoir ? s'enquit-il en haussant un sourcil taquin. D'une façon douce et tendre, et pleine de chaleur. C'est comme ça que tu l'as prononcé juste avant que je ne t'embrasse pour la première fois.

— V… Vraiment ? C'est… étonnant que tu t'en souviennes.

— Je te l'ai dit : je me souviens de beaucoup de choses. Je me rappelle que tu me regardais comme tu le fais maintenant…

— Comment ? murmura-t-elle.

— Comme si tu voulais que je te touche. Comme si tu avais envie de faire l'amour avec moi encore une fois.

Elle sembla retenir son souffle, peut-être surprise par sa franchise ; mais personne n'aurait pu être plus surpris que lui-même.

— Ou est-ce que je me trompe ? susurra-t-il.

4

Emerald s'était figée, le cœur battant la chamade. Bien sûr, elle ne pouvait pas nier que leur incroyable alchimie était intacte, mais elle ne s'attendait pas à ce que Kostandin verbalise cet état de fait avec tant de décontraction. Il lui lançait un défi, et elle savait comment elle aurait dû y répondre : en brisant immédiatement le sortilège. Elle avait un secret à lui confier. Elle était venue pour lui annoncer l'existence de son fils, et c'était la seule chose qui aurait dû consumer son esprit.

Mais quand il la regardait ainsi… Avec les yeux voraces, et plus que cela encore – une étincelle qu'elle ne savait comment définir, un besoin inavoué de contrer cette solitude qu'elle sentait chez lui : la solitude que la couronne lui avait infligée.

Comment résister ? Elle pantelait, les seins tendus, le visage brûlant d'anticipation. Avait-elle tort de vouloir succomber au désir ? Ne seraient-ils pas plus proches, aussi proches qu'un homme et une femme puissent l'être, si elle se confessait à lui dans ses bras ? Raviver le plaisir qu'ils avaient vécu ensemble ne rendrait-il pas cet événement bouleversant plus facile à exprimer, plus facile à accepter, même ?

— Non. Tu ne te trompes pas, dit-elle lentement.

Il ne bougea pas. Comme suspendu, les yeux fixés sur elle, il murmura :

— Viens.

Dans l'exaltation impossible de cet instant, il lui sembla que le passé et le présent se mêlaient ; soudain, elle était de retour dans cet espace intangible où elle était son égale, assez pour lui répondre sans peur, assez pour laisser ce moment exquis se prolonger aussi longtemps que possible, malgré tout le désir qu'elle avait de se jeter dans ses bras. Elle soutint son regard brûlant et leva le menton.

— Et si je ne viens pas ?

Il l'observait avec une curiosité aiguë, brûlante comme un âtre de saphir.

— Si tu ne viens pas..., murmura-t-il, je serai obligé de venir moi-même pour te montrer combien j'ai envie de toi.

— Alors vas-y, rétorqua-t-elle sans perdre ses moyens. Qu'est-ce qui te retient ?

Il s'avança sans hésiter, avec la grâce et la dangerosité d'un grand félin, son regard sombre toujours fixé sur elle. Lorsqu'il l'attira dans ses bras, elle ne put retenir un frisson de plaisir et d'impatience. Elle savait, bien sûr, qu'elle aurait dû garder la tête froide, qu'elle aurait dû reculer, qu'elle aurait dû commencer cette conversation qu'elle avait tant planifiée ; elle savait qu'il venait de divorcer, qu'il avait passé cinq ans dans un palais doré aux côtés de sa femme, la noble et sublime Luljeta, et qu'il l'avait aussi embrassée ainsi...

Embrassée avec passion, glissant sa langue entre ses lèvres, avec une intimité lancinante qui la perça jusqu'au plus profond d'elle-même.

Toute la rationalité du monde ne suffirait pas à la sauver. Elle gémit contre ses lèvres, et, avec un grognement d'approbation, il pressa son érection contre elle. Son pouls battait à tout rompre, et, contre la dureté de son désir, elle se sentit fondre, brûlante d'un besoin avide.

— Dis-moi ce que tu veux, Emerald, ordonna-t-il d'une voix rauque.

— Toi. Je te veux, toi.

Soudain, il explorait son corps de ses mains affamées. Ses paumes brûlantes embrasèrent ses tétons durcis avant de descendre jusqu'à ses fesses pour les serrer avec allégresse.

— Tu es si sexy, murmura-t-il en entreprenant de déboutonner sa petite blouse de seconde main.

Il laissa échapper un grognement d'approbation lorsqu'elle se dévoila à sa vue. Chaque contact de sa peau la faisait trembler ; mais, alors qu'il faisait glisser sa jupe, alors qu'elle restait ainsi debout devant lui, seulement vêtue de ses modestes sous-vêtements, elle ne ressentait aucune timidité, non : elle n'était jamais aussi belle, jamais aussi puissante que sous les yeux de Kostandin. Il était magnifique. Il la dévorait des yeux, le regard embrasé de convoitise.

À cet instant, pendant que l'ouragan du désir battait en elle et qu'il se déshabillait face à elle, beau comme un dieu, elle ne put s'empêcher de se demander si, peut-être, le destin ne les avait pas mis encore une fois sur le même chemin parce qu'ils étaient faits l'un pour l'autre. Avait-elle le droit d'espérer qu'il accueille sa nouvelle avec bonheur ? Il était solitaire, en tant que roi, mais tout cela changerait lorsqu'il rencontrerait Alek et découvrirait combien leur enfant était merveilleux. Il avait besoin d'un héritier. Pourquoi ne seraient-ils pas une famille ? Parfois, les princes faisaient de jeunes femmes bien communes leur princesse. Les contes de fées pouvaient arriver dans la réalité, n'est-ce pas ?

N'est-ce pas ?...

— Maintenant, débarrassons-nous de cette foutue lingerie, marmonna-t-il d'une voix rauque.

Une phrase qu'elle n'avait lue dans aucun conte de fées, mais si Kostandin la faisait brûler ainsi, qu'importe !

Fébrile, Kostandin décrocha le soutien-gorge importun et délivra les seins sublimes qui se lovèrent, enfin libérés, entre ses mains impatientes. Il s'abaissa pour sucer un téton rose et savoura le gémissement d'Emerald. Avec le même enthousiasme, elle caressa sa peau, embrassa sa gorge... mais il l'arrêta d'un geste abrupt lorsque sa main glissa vers son bas-ventre. Si elle le touchait là, si vite...

Il se départit de son caleçon lui-même. À la vue de son érection, elle étouffa une exquise exclamation qui le tortura aussi sûrement que ses mains sur son corps. Bon Dieu, il aurait tout donné pour plonger en elle à cet instant même. Mais il n'oubliait jamais une chose capitale, aussi fiévreux soit-il : il retrouva son pantalon abandonné sur le sol et en sortit un préservatif.

S'il avait une certitude, c'était celle-ci : aucun enfant de lui ne verrait jamais le jour.

Il gaina son érection lui-même, les yeux fixés sur elle. Il était dur à en souffrir, mais une partie de lui-même restait pragmatique. Emerald était-elle assez intuitive pour comprendre que rien n'avait changé, malgré les années écoulées ?

— Tu sais que nous n'allons rien partager d'autre qu'une étreinte physique, n'est-ce pas, Emerald ? s'enquit-il. Rien d'autre. Comme la dernière fois. Nous sommes d'accord ?

Il glissa la main entre ses cuisses et la trouva brûlante, prête à l'accueillir, tendre et enflammée alors qu'elle jetait ses bras autour de sa nuque.

— Oui, je comprends, gémit-elle sous sa caresse.

Alors, rassuré, il s'abandonna entièrement à l'exultation de leur incroyable fusion.

5

Le soleil se levait à peine quand Kostandin s'éveilla, perclus de s'être endormi sur le sol du plus beau salon de l'ambassade. Dormir sur le sol n'était pas son habitude, mais il y avait une première fois à tout.

Lentement, il embrassa la pièce du regard. Une lumière pâle tombait entre les rideaux encore ouverts. Le feu s'était éteint pendant la nuit et la pièce était froide ; Emerald s'était lovée contre lui, sous le plaid de cachemire que l'un d'entre eux avait eu la présence d'esprit d'attraper sur l'un des sofas.

Malgré tout cela, il avait mieux dormi cette nuit que depuis des années. Il baissa les yeux sur elle. À la lumière du jour, il remarqua de nouveau les ombres bleutées qui soulignaient ses yeux clos. Elle semblait avoir autant besoin de sommeil que lui. Ses cheveux étaient éparpillés sur le tapis comme une étole de satin doré, et ses joues gardaient le rose nacré du plaisir... Quant à son corps...

Son corps... Il ne se rassasierait jamais de son corps.

Il s'étira lentement, le regard irrésistiblement attiré par le relief rose d'un téton dévoilé. Un nouveau sursaut de désir le transperça. Paresseusement, il la caressa d'un pouce taquin, et savoura son murmure endormi.

Il se sentit durcir de nouveau, sans surprise. Il s'était noyé dans un état de désir absolument constant depuis qu'elle était apparue, toute de hanches ondoyantes et de sourires espiègles, dans son uniforme de serveuse. Ses souvenirs ne lui avaient pas menti. Emerald Baker était la meilleure amante qu'il avait jamais connue, et la plus discrète, ce qui ne gâchait rien. Était-ce pour cela qu'il mourait d'envie de la réveiller, de se confier à elle ? De lui murmurer un secret qu'il ne pouvait exprimer auprès de quiconque, même ses conseillers les plus proches ?

« Emerald, j'envisage d'abdiquer en faveur de mon cousin. Je veux abandonner cette vie pour toujours. »

Son souffle s'emballa, éperonné par l'adrénaline. Le fait même d'admettre cette pensée aurait pu compter pour une trahison d'État. Mais son mécontentement était devenu trop violent pour être balayé, et il savait qu'il devrait tôt ou tard y faire face.

Mais pas maintenant. Pas quand la tentation dormait près de lui, sourde à ses secrets, angélique de blondeur. Pourquoi se perdre en spéculations politiques alors qu'il pouvait s'abandonner une dernière fois en elle, avant de faire appeler la voiture qui la ferait sortir de sa vie ?

Il glissa une main entre ses jambes tièdes, taquinant d'un pouce insolent le creux de ses cuisses. Encore somnolente, elle se laissa fondre sous sa caresse et lui offrit un gémissement de plaisir terriblement excitant, encourageant du même coup le rythme de ses doigts.

— Kostandin..., murmura-t-elle en cherchant sa bouche pour un baiser haletant, le corps tremblant.

Il n'avait pas besoin de plus d'encouragements. Il ne s'accorda qu'une seconde pour attraper un préservatif, puis la pénétra d'un coup de reins puissant, plongeant au plus profond d'elle-même avec un grognement éperdu. Elle était déjà toute proche de la jouissance : autour de lui, sous lui, elle s'était tendue pour l'accueillir et l'étreindre alors qu'il bougeait en elle. Consumé par le son enchanteur de ses gémissements, le rythme exquis de ses spasmes, il ne dura pas beaucoup plus longtemps et se laissa emporter par le plaisir de sa chair étroite avec un grognement de jouissance.

Après l'orgasme, il s'abandonna de nouveau à la paresse, le corps encore souple de plaisir. Il avait plongé ses doigts dans la soie chatoyante de ses cheveux et écoutait le rythme délicat de son souffle court lorsqu'elle ouvrit les yeux. Son regard vert le prit de court : il s'était attendu à l'œillade pleine d'émotion qu'avaient toujours les femmes après l'amour, mais ne vit sur son joli visage qu'un froncement de sourcils ombrageux. Elle se dénoua lentement de lui, soudain tendue. Nerveuse ? Pourquoi donc, alors que tout était si simple ?

Il préférait qu'elle garde ses raisons pour elle. Les complications ne l'intéressaient pas.

— C'était fantastique, dit-il tranquillement.

— Oui..., murmura-t-elle d'une voix laborieuse, à des années-lumière de la femme qui avait crié son nom quelques minutes plus tôt.

Avant son mariage, la seule critique qu'il ait jamais reçue au lit était son manque de conversation : était-ce pour cela qu'elle se sentait flouée ? Parce qu'il ne parlait pas assez ? Il pouvait discuter un peu plus, si elle le désirait. Il se sentait d'humeur indulgente.

— Tu sais, je ne m'attendais pas à te voir hier soir, reprit-il. Je pensais que tu serais partie depuis longtemps. C'est parfois réconfortant de voir que la vie ne change pas pour tout le monde... Que tu étais toujours là, dans ce même club, dans ce même uniforme noir et blanc... Alors que ma propre vie a changé du tout au tout.

Il cherchait toujours son regard ; elle baissa les yeux et s'éclaircit la gorge.

— Je ne travaille plus là-bas, pour être honnête.

— Oh ?

— J'ai demandé un service à mes anciens collègues.

Un fourmillement de malaise frissonna sur la nuque de Kostandin.

— Parce que tu savais que je serais là ?

Une longue pause.

— Oui, finit-elle par admettre.

Kostandin dompta l'élan de sa méfiance. Voilà qui expliquait pourquoi elle semblait si embarrassée. C'était une stratégie bien impudente... Devait-il s'inquiéter qu'elle le traque, ou prendre sa motivation comme un compliment ? Dans le sillage d'une satisfaction sexuelle aussi intense, il tendait plutôt vers la seconde solution...

— Je suis flatté, susurra-t-il. Et crois-moi, j'aurais bien continué ce marathon un peu plus longtemps, mais j'ai un avion pour Paris dans quelques heures.

Oh ! mais il avait passé une nuit si exceptionnelle... Et il avait espéré la revoir. Il pouvait lui faire un cadeau, tout de même.

— Tu sais, reprit-il, il n'y a pas de raison pour que nous ne trouvions pas une date qui nous arrange tous les deux. Je reviens à Londres à la fin du mois. Nous pourrions arranger un autre rendez-vous comme celui-ci.

Il haussa les épaules, nonchalant ; mais, au lieu de l'extase à laquelle il s'était attendu, il ne trouva sur le visage d'Emerald qu'une expression de sérieux absolu. Elle secouait la tête.

— Écoute, j'aurais dû t'en parler plus tôt...

Elle se mordait la lèvre, et, brusquement, toute l'insolence paresseuse de Kostandin s'envola : quelque chose n'allait pas, c'était certain. Quelque chose de grave. Face à lui, Emerald se redressa tout à fait, et ses longs cheveux ruisselèrent comme de l'or en fusion sur ses épaules pâles. Elle était divine, pensa-t-il douloureusement, avant que ses mots ne fassent voler la réalité en éclats :

— Tu as un fils, Kostandin.

Il ne comprenait pas. Il comprenait si peu, à vrai dire, qu'il manqua de lui dire spontanément la vérité : qu'il n'avait pas d'enfant et n'en voudrait jamais. Mieux encore, sa détermination de ne jamais procréer était le ticket vers sa liberté. Car quelle était l'utilité d'un roi sans héritier ?

— Ah non, tu te trompes d'homme, chérie, rétorqua-t-il avec un calme tout étudié. Tu dois me confondre avec quelqu'un d'autre.

Mais le visage d'Emerald était transparent comme du verre, et, sur ses traits, la nervosité livrait un duel avec la culpabilité. La culpabilité… Soudain, le cœur de Kostandin partit en vrille, mû par une émotion qu'il ne connaissait pas ; d'un geste brusque, il bondit sur ses pieds et enfila son pantalon en offrant son dos à Emerald. Il avait besoin d'espace ; besoin d'un instant pour reprendre le contrôle de son expression. Lorsqu'il pivota de nouveau, il avait harnaché son habituel masque de glace sur ses traits.

Il n'avait aucune patience pour les aventurières qui tentaient de le manipuler. Aucune.

— De quoi parles-tu, exactement ? dit-il, polaire.

Emerald tenta de ne pas grimacer sous le poids de son regard impitoyable. Soudain, il l'observait comme si elle avait été une ennemie, et comment pouvait-elle lui en vouloir ? Elle avait fait une erreur en passant la nuit avec lui sans lui avouer la raison de sa venue. Elle avait perdu tout pragmatisme dès qu'elle l'avait vu, parce qu'elle ne pouvait lui résister…

Parce qu'elle n'avait jamais pu lui résister.

Il ne lui restait plus qu'à assumer les conséquences de ses actes, encore une fois.

Elle avait répété cette conversation dans sa tête pendant des années, mais les mots étaient bien plus difficiles à articuler lorsqu'elle était nue et vulnérable sur un tapis persan, alors que Kostandin la regardait comme un insecte. Elle releva la couverture pour mieux couvrir sa poitrine.

— Tu as un fils, répéta-t-elle. Un petit garçon de cinq ans qui s'appelle Alek, et qui est le plus adorable des...

— Assez ! la coupa-t-il d'une voix aussi assassine qu'un couperet. Tu crois vraiment que tu peux réapparaître dans ma vie et me faire avaler des sottises pareilles ? Sans preuve ? À qui penses-tu avoir affaire, Emerald ?

Tant bien que mal, elle maîtrisa la colère qu'avait fait naître cette attaque envers sa fierté maternelle. Il était sous le choc, et elle allait devoir faire preuve de patience. Elle-même avait été bouleversée lorsqu'elle avait fait son premier test de grossesse.

— Je sais qu'il n'est pas facile d'accepter sans crier gare que tu es le père de...

— Sauf que je ne suis le père de personne, siffla-t-il. Nous avons passé une seule nuit ensemble, Emerald, et j'ai pris bien soin de me protéger, comme je le fais toujours.

Bien sûr, pourquoi ne pas en profiter pour lui rappeler qu'il avait des myriades d'amantes ? Elle se redressa, malgré sa position inférieure. Était-ce la cruauté délibérée de Kostandin qui lui donnait envie de rendre coup pour coup ? En tout cas, une chose était certaine : elle ne le laisserait pas la prendre de haut. Elle ne courberait pas l'échine, même s'il était roi.

— Si je comprends bien, reprit-il, la nuit dernière était un coup monté.

— Pardon ?

— Tu as concocté ce stratagème élaboré pour m'approcher...

— Je ne crois pas qu'on puisse parler de stratagème élaboré, Kostandin. J'ai juste passé un coup de fil.

— Et tu espérais peut-être t'attirer plus de sympathie en couchant avec moi ?

Le coup porta au cœur.

— S'il te plaît. Ne réécris pas l'histoire. S'il y a eu de la séduction entre nous, elle était mutuelle. Si je me souviens bien, tu ne m'as pas trouvée toute nue dans ta chambre à danser en jupe à plumes. C'est toi qui m'as invitée ici, qui m'as proposé un verre, et qui m'as invitée à t'embrasser.

Elle secoua la tête.

— Mais peu importe. La seule chose qui compte, c'est ce que tu comptes faire à propos d'Alek.

— Je n'ai pas l'obligation de faire quoi que ce soit.

— Bien sûr. C'est ta prérogative.

Elle détourna le regard et choisit ce moment pour se lever ; la dignité de sa voix était sa dernière barrière contre l'embarras douloureux de sa situation. Tant bien que mal, elle tenta de cacher sa nudité sous la couverture tout en enfilant ses modestes sous-vêtements et sa jupe élimée. Oh ! elle aurait tout donné pour avoir choisi une paire de baskets plutôt que les escarpins de sa sœur. Après avoir boutonné sa chemise et refermé la bride de ses chaussures, elle se redressa de toute sa taille et repoussa ses cheveux d'un mouvement qu'elle espérait distingué.

— Très bien. Oublions cette conversation, alors. Je me suis débrouillée pendant six ans en tant que mère célibataire et je peux continuer sans problème. Personne n'en saura rien, ne t'inquiète pas. Ça ne me dérange pas. Je n'ai pas besoin de toi, Kostandin.

Elle haussa les épaules, et il lui sembla que sa tristesse était si lourde, si incommensurable que lui-même devait en sentir le fardeau.

— Je suis venue parce que tu mérites de le savoir, c'est tout. Si tu ne veux pas le voir, c'est toi qui te refuses un immense bonheur, et je ne peux qu'avoir pitié de toi. Mais au moins, maintenant, tu le sais.

Elle attrapa son sac à main ; il ne bougeait toujours pas, jusqu'à ce que, se rappelant peut-être qu'il était toujours torse nu, il attrape sa chemise pour la passer avec des gestes fébriles.

— Si tout cela est vrai, pourquoi m'en parler maintenant ? Pourquoi pas il y a six ans ?

— Ton frère venait de mourir. Je ne voulais pas... Cela ne me semblait pas approprié.

— Pourquoi ? Tu avais peur de passer pour une femme qui aurait tiré avantage de mon deuil pour me recontacter ? railla-t-il. Tu n'aurais pas été la seule.

Oh ! comme il était cruel, et comme il était amer. Mais c'était un mal pour un bien : son attitude ne ferait qu'adoucir la douleur de son rejet. Il valait bien mieux qu'Alek ne rencontre pas un homme si arrogant. Il valait bien mieux qu'elle-même le chasse de sa vie !

— J'ai découvert que j'étais enceinte deux semaines après, reprit-elle sans se démonter. À ce stade, tu allais être couronné. Ce n'était pas le moment idéal. Mais je soupçonne qu'aucun moment n'aurait été idéal, n'est-ce pas ?

Puis, peu de temps après, ses fiançailles avaient été annoncées. Tout ce qu'il lui avait raconté sur ses grands principes de célibat, sur sa détermination à ne jamais se marier, sa détestation de l'engagement – tout cela n'avait été qu'un mensonge pour ne jamais la revoir. Il l'avait prouvé en épousant sa sublime princesse dans une cérémonie tout droit sortie d'un conte de fées.

— Puis il y a eu ton mariage..., dit-elle, d'un ton vague et précipité, de peur qu'il n'entrevoie son émotion. Ta nouvelle femme aurait pu se trouver enceinte dans les mois qui ont suivi... Elle t'aurait donné un héritier légitime.

Avait-elle espéré qu'il rougisse, qu'il trahisse un soupçon d'inconfort, à l'idée d'avoir épousé sa fiancée si peu de temps après avoir passé la nuit avec Emerald ? Quelle naïve ! Le visage de Kostandin était tendu et dur, et son regard resta aussi froid que du verre.

— C'était quatre mois plus tard, Emerald. Tu avais largement le temps de me prévenir, entre les deux.

Elle se mordit la lèvre. Il avait raison, bien sûr, mais elle ne voulait pas admettre l'instinct primitif qui l'avait saisie pendant les premiers jours de sa grossesse : la peur brute et sauvage qu'un homme aussi puissant n'essaye de s'approprier son enfant, ou pire.

— Mon premier trimestre a été compliqué. Je ne me voyais pas entrer dans un conflit politique.

Kostandin se détourna sans mot dire. Il avait appris très jeune à cacher ses émotions, aux autres comme à lui-même, mais Emerald mettait ses talents à mal, aujourd'hui. Elle lui avait tendu une embuscade. Elle avait, entre ses mains, le pouvoir de briser tous ses projets d'avenir. Un sursaut de colère et de révolte le traversa. Il ne voulait pas la croire ; son instinct lui criait que rien de tout cela n'était possible. Mais il ne pouvait l'abandonner, pas tant qu'il ne se serait pas convaincu qu'elle mentait.

— Je veux le voir. Laisse-moi le rencontrer. Maintenant.

— Je... Ce n'est pas possible !

— Pourquoi pas ? s'enquit-il. As-tu peur que je te prenne en flagrant délit de mensonge, Emerald ? Peut-être que je n'ai pas de fils, en réalité. Peut-être que je suis simplement le plus riche de tes amants, et par conséquent le plus utile. Tu croyais que je te renverrais chez toi avec de l'argent ?

— Tu penses vraiment que je serais aussi intéressée ? Depuis quand es-tu si méfiant, Kostandin ? Aussi âpre ? Ou l'as-tu toujours été, et j'étais trop naïve pour le voir ?

Sans aucun doute, songea-t-il avec amertume. Il avait appris la défiance dès qu'il avait mis les pieds à la cour et avait découvert que, là-bas, tout n'était qu'illusion et opportunisme. D'aucuns l'auraient dit cynique, mais il savait la vérité : il était simplement réaliste. Il avait quitté Sofnantis pour retrouver sa liberté. Il avait travaillé dur, il avait joui des plaisirs de la vie avec la même vigueur. À cette époque, en tant que simple d'homme d'affaires, il avait pu adoucir les facettes les plus acrimonieuses de son pragmatisme ; mais lorsqu'il avait dû reprendre le chemin de la vie palatiale... La méfiance avait été sa meilleure arme. Oh ! c'était peut-être le seul avantage qu'il avait vu au trône : en tant que roi, il avait compris que porter sa dureté en étendard était une force. Protégé par la forteresse de sa propre distanciation, il avait pu garder la tête haute et froide.

— Ne te fais pas plus innocente que tu n'es, Emerald, rétorqua-t-il sans aucune pitié. Tu as orchestré un moyen de te trouver sur ma route, et tu as préféré passer la nuit avec moi avant de m'annoncer ta grande nouvelle – une décision que beaucoup considéreraient comme stratégique, en réalité. Et maintenant tu me dis que je ne peux pas voir mon fils ? Alors pourquoi es-tu venue jusqu'ici, si ce n'est pas pour l'argent ?

La détresse qui brillait dans ses beaux yeux verts manqua de lui faire regretter ses paroles ; mais il était trop tard.

— Je te l'ai dit, je ne veux pas de ton argent, cracha-t-elle. Pour être honnête, j'aimerais surtout ne jamais te revoir, à ce moment précis. Mais peu importe ce que je veux, moi. Je suis venue pour Alek. Je ne veux pas le priver d'un père. Tu ne peux pas le voir maintenant, en un claquement de doigts, simplement parce que je ne vis pas à Londres.

— Où, alors ?

— Dans le Northumberland.

— Près de Newcastle ?

— Tu connais ? s'étonna-t-elle.

— Oui, j'ai déjà ouvert un atlas, Emerald, siffla-t-il. Je sais que c'est loin d'ici, mais ce n'est pas un problème. Nous n'avons qu'à prendre l'hélicoptère.

6

Emerald n'était jamais montée dans un hélicoptère ; le bruit des pales motorisées était assourdissant. Elle venait de sortir son téléphone de son sac lorsqu'elle croisa le regard hostile de Kostandin.

— Tu appelles quelqu'un ? lança-t-il par-dessus le vacarme.

Un peu plus, et il lui confisquait son téléphone !

— Il faut que je prévienne ma sœur. Elle ne s'attend pas à voir arriver un hélicoptère ni à ce que je rentre aussi vite.

— Je préférerais que tu ne parles à personne.

— Et moi je préférerais que tu n'essayes pas de contrôler mes actes.

— Ne sois pas ridicule. Je veux juste éviter qu'elle prépare l'enfant pour ma venue. Je veux le voir tel qu'il est.

Emerald hésita. C'était un argument valable. Que dirait Kostandin, lorsqu'il verrait Alek pour la première fois, avec de la boue jusqu'aux genoux et un T-shirt froissé ? Avec cet indomptable épi de cheveux noir de jais, bouclant devant les yeux, qu'il tenait de son père ?

Et pourquoi espérait-elle soudain, dans son for intérieur, que le roi de Sofnantis décide, en rencontrant son fils dépenaillé, qu'il ne voulait plus jamais le revoir ?

Quant à Alek... Comment allait-il réagir si Kostandin, aussi aveuglant qu'un feu de forêt, faisait irruption dans sa vie ? Son petit garçon avait l'habitude de voyager en bus ou dans la vieille voiture qu'elle partageait avec sa sœur. Leur sortie la plus luxueuse était une occasionnelle soirée au cinéma, avec un hamburger-frites après le film. N'y avait-il pas un risque qu'il soit ébloui et irrémédiablement transformé par une existence emplie de limousines, de gardes du corps ? Quels seraient les effets d'une fortune que le commun des mortels ne pouvait même pas quantifier ?

Oh ! avait-elle fait une terrible erreur ?

— Parle-moi de lui, ordonna Kostandin.

— Il est... brillant. Je sais que toutes les mères pensent cela de leur enfant, mais c'est vrai. Et il a de très bons résultats à l'école.

— Quelle école ?

— Pas une école que tu connais. C'est juste l'école du village, mais ils ont bonne réputation.

— Qu'est-ce que tu lui as dit, Emerald ? Est-ce qu'il me connaît ?

— Bien sûr que non.

— Bien sûr que non ? répéta-t-il, offensé.

— Il valait mieux être vague, tu ne crois pas ?

— Il valait mieux pour qui ? Pour toi, sans aucun doute. Tu ne voulais pas qu'il connaisse son père, n'est-ce pas ?

— Ce n'est pas aussi simple, Kostandin. Ne commence pas à me juger alors que tu viens d'arriver dans sa vie !

— À qui la faute ? Je n'ai pas vraiment eu l'opportunité de prendre des décisions !

— Tu étais trop occupé à te marier avec une magnifique princesse !

Incrédule, il eut l'audace d'éclater de rire.

— Attention, Emerald. Un peu plus, et je risque de croire que tu étais jalouse.

— Je ne suis pas jalouse, protesta-t-elle avec mauvaise foi. C'est un fait. De toute façon, tu penses qu'il n'est pas de toi, non ?

— Je garde l'esprit ouvert, rétorqua-t-il.

— Alors réfléchis. Tu crois vraiment que j'aurais dû l'éduquer en lui disant que son père était roi ? Ne vois-tu pas combien ça aurait été difficile à comprendre pour un petit garçon ? Et s'il l'avait répété à l'école, à ses copains, aux employés de l'établissement ? Ils l'auraient traité de menteur.

— Qu'est-ce qui t'a fait changer d'avis, Emerald ? Dis-moi la vérité.

— Je te l'ai déjà dit. Tu as divorcé. Tu étais en Angleterre.

— Mais il y a autre chose.

Elle leva les yeux vers lui, impressionnée, malgré elle, par sa perspicacité. Elle poussa un soupir réticent.

— Il a commencé à me poser des questions sur toi. Il a l'âge. Je ne voulais pas lui mentir, mais... Je ne souhaitais pas non plus qu'il s'invente un héros. Qu'il fantasme sur un père parfait, le roi tout-puissant d'un pays lointain. Je ne voulais pas qu'il souffre de sa vie quotidienne et rêve d'une autre vie.

Oh ! elle n'aurait jamais dû exprimer ses peurs, pas lorsque Kostandin avait tant de pouvoir sur elle. Mais, au lieu de riposter, il se contenta de sombrer dans le silence.

À leur arrivée, deux SUV aux vitres teintées les attendaient sur la piste. Kostandin lui demanda son adresse avant de se glisser derrière le volant.

— C'est moi qui conduis, annonça-t-il en lui faisant signe de prendre place près de lui.

Sans chauffeur, le trajet gagna en normalité : il suffisait d'ignorer la seconde voiture, pleine de gardes du corps, qui les suivait à la trace, et ils auraient pu être un homme et une femme ordinaires, traversant la campagne bucolique un dimanche d'avril. Ici, les fleurs étaient encore pâles et timides, l'air était doux et frais, et le ciel semblait immense. Lorsqu'elle avait débarqué dans la région, enceinte et terrifiée, ces paysages si différents de Londres avaient apaisé sa peur. Elle était fière d'avoir ouvert son café avec Ruby, fière des gâteaux qu'elles vendaient et que certains hôtels de la région avaient même commencé à leur commander. Son cœur n'en battait pas moins la chamade quand ils passèrent le petit panneau d'Ambleton, leur village. Que penserait Kostandin, roi de son pays, de leur maisonnette ? Serait-il choqué de la modestie dans laquelle son fils avait grandi ? Mépriserait-il les paramètres si étroits de sa vie, alors que la sienne était démesurée ?

— Tu peux t'arrêter là, proposa-t-elle en montrant les franges nacrées de la plage. Nous sommes tout près.

Kostandin éteignit le moteur, saisi de fébrilité. Autour, il ne voyait rien que des dunes esseulées.

— Où est-il ?

Emerald jeta un œil à sa montre.

— Ils doivent être en train de jouer au foot sur le sable.

Toujours assis sur son siège, il se tourna vers elle.

— Donc tu vis avec quelqu'un ?

Voilà une possibilité qui ne lui convenait guère. Emerald lui envoya un coup d'œil furieux. Même lorsqu'il soutenait son regard, il ne pouvait ignorer avec quelle intensité son corps réagissait toujours à sa présence. Elle l'avait manipulé et dévoyé, et il avait toujours envie d'elle. Comment était-ce possible, alors qu'il était si furieux, si perdu ? N'avait-il pas méprisé son propre père pour sa dévotion envers une femme qui lui avait sans arrêt damé le pion ?

— Tu crois vraiment que j'aurais passé la nuit avec toi si j'avais un compagnon, Kostandin ? siffla-t-elle, révoltée.

Son déni rageur l'emplit d'une satisfaction incompréhensible. Cependant, il n'était pas d'humeur à apaiser leur conflit ; pourquoi aurait-il fait un quelconque effort, alors qu'elle avait utilisé ses charmes ravageurs comme une arme ?

— Comment pourrais-je le savoir ?

— Eh bien, je te le dis ! Je vis avec ma sœur, Ruby. C'est elle qui m'aide à élever Alek. Je ne m'en serais jamais sortie sans elle.

— Tu n'as pas de parents ?

— Non. Ma mère est morte il y a quelques années, quand Alek était bébé, et mon père n'a jamais voulu de nous. Quand j'ai découvert que j'étais enceinte, Ruby et moi avons quitté Londres pour nous installer ici. La vie y est bien plus abordable. Nous avons pu louer un petit café sur la plage, et nous vivons dans un cottage pas très loin d'ici. Le café est ouvert tous les jours, mais une autre employée est de service le dimanche. C'est le seul jour où...

Elle s'interrompit et secoua la tête.

— Oui ?

— C'est juste que nous sommes très occupées le reste de la semaine. Un peu moins en hiver, mais... Le dimanche, c'est le jour où nous pouvons donner à Alek toute notre attention. Bref, allons les chercher, tu veux ?

Elle attrapa sa veste, enroula son écharpe autour de son cou avant de sortir de la voiture, le regard déjà dirigé vers l'océan. Kostandin hocha la tête et la rejoignit à pas vifs. Malgré son assurance, il n'était pas préparé à l'image qui l'attendait au loin, dans le halo pâle du soleil. Un petit garçon, surveillé par une femme aux cheveux blonds, courait derrière un ballon entraîné par le vent. L'inconnue riait avec le petit. Lorsqu'elle leva les yeux et les aperçut, son sourire s'évanouit.

À ce moment précis, le petit garçon sembla remarquer la présence de sa mère. Il oublia immédiatement son jeu et son ballon : il s'élança vers eux à travers la plage, les bras écartés, le visage illuminé de joie et de curiosité.

Lorsqu'il s'arrêta enfin devant eux, le souffle court, Kostandin put voir la couleur de ses yeux, scintillants comme des saphirs.

Son cœur bondit dans sa poitrine.

Il n'avait pas besoin de relire les profils dithyrambiques que la presse faisait toujours de son regard si distinctif ; pas besoin de tests, de médecins et de laboratoires. Il aurait aussi bien pu faire face à un miroir et y voir l'enfant qu'il avait été. Il savait qui était Alek.

Son fils.

Quelque chose en lui se serra douloureusement ; il ne savait pas d'où venaient les sentiments qui s'éveillaient soudainement en lui, aussi puissants qu'une violente houle. Il en avait le vertige. Il était... Il était perdu, euphorique, terrifié – et il n'était jamais terrifié. Il pinça les lèvres.

Son fils. Son fils, à lui.

Avec cette révélation, venait la conviction brute et lancinante qu'une porte venait de se refermer sur lui : celle d'un futur alternatif, loin de la couronne. Il était, pour toujours, enfermé dans sa prison d'or et de pierreries. Il avait un héritier. Sa lignée était pérenne. Sa succession était assurée. Il baissa les yeux sur la femme qui avait scellé son destin en portant un enfant qu'il n'avait pas demandé, mais Emerald ne lui prêtait aucune attention : elle était entièrement focalisée sur le petit garçon qui criait son nom.

— Maman ! Maman !

Emerald, emportée par son élan, le souleva dans ses bras et le fit tourbillonner ; le petit garçon rit aux éclats. Pendant ce temps, la jeune femme blonde les avait rejoints. C'était lui, plutôt qu'eux, qu'elle étudiait attentivement, avec une inimitié évidente. Kostandin eut l'impression de voir double : la sœur d'Emerald lui ressemblait comme deux gouttes d'eau. Elles devaient être jumelles.

Emerald s'était tournée vers lui.

— Alek..., dit-elle, hésitante, je te présente Kostandin.

Alek l'observait avec une curiosité non dissimulée.

— C'est un drôle de nom, dit-il en se laissant glisser sur le sol, les yeux levés vers lui.

À sa grande surprise, Kostandin sentit un demi-sourire poindre sur ses lèvres.

— C'est vrai. Mais c'est un nom populaire dans mon pays.

— Quel pays ?

— Sofnantis. Tu en as entendu parler ?

Alek secoua ses boucles de jais.

— C'est un pays loin d'ici, où il fait très beau et chaud.

Le garçon leva les yeux vers le ciel grisâtre.

— On peut y aller ?

— Alek ! le reprit Emerald. Commençons plutôt par offrir une tasse de thé à Kostandin. Oh ! pardon, j'aurais dû te présenter ma sœur. Voici Ruby.

Il tendit la main, mais Ruby ne la serra qu'avec dédain.

— Je ne savais pas qu'Emerald avait une jumelle, dit-il.

Il lui offrit un de ces rares sourires qui ne manquaient jamais de faire fondre ses interlocutrices, mais Ruby resta de marbre et ne lui accorda qu'un haussement d'épaules.

— J'ai cru comprendre que tu ne savais pas grand-chose.

— Allons-y ! lança Emerald, de plus en plus agitée.

Kostandin leur emboîta le pas docilement, pensif. Il allait devoir reprendre le contrôle de la situation. Il ne pouvait pas laisser les émotions de ces deux femmes contrôler le reste de leurs vies. C'était à lui de faire ce qu'il fallait, quoi qu'il en coûte. De nouveau, son cœur bondit lorsqu'il croisa le regard bleu du garçon.

— Tu as laissé quelque chose sur la plage, dit-il.

Alek suivit son regard jusqu'au ballon, qui roulait maintenant dangereusement près des vagues. Avec une spontanéité qu'il ne se connaissait plus, Kostandin s'entendit ajouter :

— On fait la course ?

Il partit le premier ; le petit garçon s'élança dans son sillage, et, ensemble, ils coururent à travers le sable. Kostandin n'avait jamais perdu de sa vie, et pourtant, il semblait tout naturel de laisser Alek se jeter en avant et le doubler avec un cri de jubilation. L'air était frais, pur, le ciel était bleu, la plage était presque vide, et son fils avait gagné la course. Il ne s'était pas senti aussi libre depuis des années.

Une liberté qui n'était qu'une illusion. Après tout, Emerald venait de briser tous ses rêves d'indépendance.

Cette idée morose s'évapora lorsque Alek lui passa le ballon d'un coup de pied, avec un grand sourire si familier que Kostandin ne put qu'y répondre. Il lui renvoya la balle ; une partie de football acharnée s'ensuivit. Une fois épuisés, ils repartirent ensemble vers le sommet des dunes. Ses gardes du corps avaient rejoint les deux sœurs et les attendaient – quatre silhouettes sombres contre le ciel pâle. Un groupe disparate. Deux parties distinctes de sa vie, soudain convergentes.

Il baissa les yeux sur Emerald. Près de sa sœur, qui était bien mieux habillée, elle avait l'air plus échevelée que jamais. Bien loin de ce qu'on attendait d'une reine. Mais elle allait devoir faire l'affaire.

— C'est ta voiture ? s'enquit Alek en trottant près de lui.

— Plus ou moins. C'est la voiture de l'ambassade.

— Qu'est-ce que c'est, une ambassade ?

— Oh ! c'est un peu compliqué. Tu as du temps ?

— Plein de temps ! s'exclama Alek avec un sourire espiègle, bien différent du froncement de sourcils de sa mère. Je peux monter dans ta voiture ?

Kostandin ignora l'inquiétude visible d'Emerald et sourit à son tour.

— Bien sûr. Tu peux me montrer ta maison… si ta mère est d'accord ?

Un silence. Emerald était prise au piège. Finalement, elle sourit à son tour, trop tard pour que l'expression puisse sembler sincère.

— Bien sûr !

Kostandin hocha la tête et la rejoignit d'une enjambée. Si près, il sentait son parfum, la chaleur de son corps. Un désir traître monta en lui, irrésistible. Il pencha la tête pour murmurer à son oreille :

— Ensuite, siffla-t-il, il faut qu'on parle.

7

— Assieds-toi, ordonna-t-il de sa voix profonde.

Emerald peinait encore à réconcilier la familiarité de son intérieur et la venue du roi de Sofnantis. La maison était aussi silencieuse qu'un tombeau ; Alek dormait à l'étage, et Ruby s'était éclipsée avec diplomatie. Les gardes du corps attendaient dehors, dans leurs énormes voitures. Elle était seule avec le roi dans le minuscule salon de leur cottage, au milieu de ces meubles qu'elle nettoyait toujours avec soin mais qui devaient sembler bien misérables aux yeux d'un homme aussi riche.

Kostandin avait proposé (ou ordonné, comme il semblait le faire à tout-va) de l'emmener dîner, mais elle avait refusé. Elle était trop nerveuse pour manger et elle préférait être en terrain connu, plutôt qu'en public. Il lui avait reproché de l'avoir séduit ; elle n'avait pas l'intention de réitérer son erreur et de troubler les nouvelles limites de leur relation.

— Je préfère rester debout, dit-elle en croisant les bras.

Il haussa les épaules. De toute évidence, le bien-être d'Emerald était le dernier de ses soucis. La mâchoire crispée, il reprit :

— Tu aurais dû me parler d'Alek il y a des années. Je vais lui faire passer un test ADN.

— Je n'accepterai pas d'imposer des procédures invasives à mon fils pour te rassurer, Kostandin !

— Ce n’est qu’un prélèvement buccal, ou un échantillon de cheveux, Emerald. À quoi t’attendais-tu lorsque tu es venue me voir ?

Ses yeux de saphir la transperçaient comme des lames.

— Tu espérais que je te croirais sur parole ? Que je hausserais les épaules et que je passerais à autre chose ? Que j’oublierais la nouvelle dès que j’aurais quitté le pays ? Je suis roi, Emerald. J’ai un royaume, des terres, des palais, dont héritera un jour ma progéniture. Tu n’avais pas oublié, n’est-ce pas ? J’espère que tu avais compris que le fait de m’annoncer son existence aurait des conséquences. Pour lui. Pour toi. Pour nous tous.

Malgré elle, Emerald se laissa tomber dans le petit canapé, les genoux flageolants. Non. Elle avait été stupide. Elle n’avait pas pensé aux responsabilités de Kostandin et à l’héritage de son fils ; elle s’était focalisée sur son sens du devoir, sur la conviction profonde que ce roi sans enfant avait le droit de connaître l’existence d’Alek. Elle avait ignoré les avertissements de sa sœur et sa propre peur sourde ; elle avait vu l’opportunité de lui parler, elle l’avait saisie, et elle avait foncé en avant sans se retourner.

Et il y avait autre chose, aussi, n’est-ce pas ?

N’avait-elle pas également rêvé, secrètement, de le revoir ? Pas seulement pour leur enfant, mais pour elle-même ? Ne s’était-elle pas bercée d’un romantisme absurde ?

— Je suis sûre que nous pouvons trouver une solution.

Il l’observait toujours, de ce regard d’oiseau de proie qui ne laissait aucune place à la pitié.

— Et comment ? s’enquit-il. Mon gouvernement ne se contentera pas d’accepter l’apparition d’un héritier sur la promesse d’une inconnue. Oh ! et épargne-moi le cinéma larmoyant, Emerald. Je suis juste pragmatique.

— Mais il te ressemble tellement… Il faudrait être aveugle pour ne pas le voir, tu le sais !

Kostandin poussa un soupir. Elle avait raison sur ce point. Il l'avait immédiatement reconnu comme sien lorsqu'il avait croisé son regard.

— C'est vrai, mais Sofnantis a besoin de preuves plus irréfutables qu'une ressemblance. Tu sais ce qui se passera si nous nous contentons de nous fonder sur cela ? Nous verrons une armée d'enfants aux cheveux noirs et aux yeux bleus débarquer au palais, prêts à en découdre pour le trône !

— Comment serait-ce possible ? Combien d'aventures as-tu bien pu avoir, Kostandin ? s'écria-t-elle.

Il aurait pu lui dire, bien sûr, qu'elle était la seule femme avec qui il avait agi de façon aussi imprudente ; mais il était prêt à parier qu'elle aurait interprété cet aveu comme une déclaration sentimentale, plutôt que comme la confession d'une vulnérabilité physique, un élan de désir pur, motivé par de jolis yeux et des courbes affriolantes. Au lieu de cela, il coupa court à son interrogatoire :

— Mon passé sexuel ne te concerne pas. Je veux parler de mon fils.

— Oh ! maintenant c'est bien ton fils ! Il y a quelques heures tu ne voulais même pas croire qu'il était de toi !

— Puisque c'est toi qui es venue me trouver, Emerald, j'espérais que tu serais raisonnable.

— Qu'est-ce que cela veut dire, pour toi, raisonnable ?

Kostandin ravala une bouffée de rancœur. Jusqu'à ce matin, il avait caressé du doigt des fantasmes d'avenir qu'elle avait rendu impossibles. Maintenant, il allait devoir se battre pour un futur qu'il n'avait jamais voulu.

— Cela veut dire accepter qu'Alek soit mon héritier. Et il se trouve que j'ai besoin d'un héritier. Un enfant légalement reconnu.

Comme elle restait silencieuse, perdue dans ses pensées, il se laissa le temps d'observer la pièce. Le mur le plus proche était décoré de photos d'Alek à différents âges, toutes en noir et blanc : nouveau-né, encore fripé ; tout petit, souriant et potelé ; chancelant sur ses petites jambes ; une myriade de moments capturés, jusqu'à devenir le petit garçon qu'il avait rencontré aujourd'hui, avec cette boucle rebelle qui retombait sur son œil malicieux. Le cœur de Kostandin se serra.

— C'est toi qui as pris ces photos ? s'enquit-il.

— Oui. J'aime bien la photographie.

— Elles sont très belles, dit-il.

Un éclair de surprise passa sur le joli visage d'Emerald. Elle cligna des yeux.

— Merci.

Il se détourna brusquement. Il ne voulait pas la laisser entrevoir son émotion. Elle lui avait montré qu'elle exploiterait toutes les failles qu'il oserait dévoiler ; il ne ferait plus l'erreur de se montrer vulnérable en sa présence.

— Sans mariage, Alek ne sera jamais reconnu officiellement. Son statut ne sera pas officiel. Il ne sera vu que comme mon fils illégitime. Pour certains, comme mon bâtard.

— Ne dis pas...

— Ne perds pas ton temps à refuser la réalité, Emerald, la coupa-t-il sans ambages. Nous avons un problème. Et il y a une solution très simple. Pour qu'Alek puisse bénéficier de tout ce qui lui est dû, il faut que tu deviennes ma femme.

— Non ! s'exclama-t-elle.

Elle bondit sur ses pieds avec une expression d'horreur qui aurait sans doute dû offenser Kostandin, mais elle était si belle, si défiante qu'il n'en fut rien. Au contraire. La passion d'Emerald l'affectait toujours, quel que soit son contexte.

— Non ? répéta-t-il.

— Je ne peux pas t'épouser.

— Pourquoi pas ?

— Déjà, tu viens de divorcer !

— Et alors ?

— Que pensera ton peuple d'un remariage si hâtif ? C'est indécent ! Tu auras l'air indécis ! Volage !

— Volage ?

N'y avait-il donc aucune limite à son insolence ?

— Mon peuple sera plutôt rassuré de me voir dans une relation stable, corrigea-t-il d'un ton incisif.

— Qu'est-ce que tu fais de Luljeta ? Comment réagirait-elle, si tu faisais une chose pareille ? Ce serait irrespectueux de la remplacer aussi vite !

Kostandin serra les dents. Sous le poids de son regard, Emerald baissa soudain les yeux sur le tapis élimé, et, de nouveau, il se demanda si son mariage précipité l'avait affectée plus que de raison. Pouvait-il lui dire la vérité ? Il n'avait pas pour habitude de s'épancher, mais lui confier plus d'informations sur sa situation maritale pouvait faire pencher la balance.

— Laisse-moi te dire quelque chose sur mon mariage…

— Je préfère éviter, le coupa-t-elle, sans parvenir à dissimuler une grimace instinctive. J'en ai lu assez sur Internet.

Voilà qui levait le doute : elle avait bel et bien été blessée par son union, à l'époque.

— Écoute-moi, tu veux ?

Elle fronça les sourcils, visiblement agacée par son ton impérieux, mais se contenta d'aller s'asseoir sur le rebord de la fenêtre. À la lueur des lampes, sur ce fond de nuit tombante et de végétation murmurante, même avec le visage sombre, elle était absolument enchanteresse. Mais il ne se laisserait pas ensorceler : il ne pouvait pas lui faire confiance, il le savait.

Néanmoins, il avait tout de même besoin qu'elle accepte sa demande en mariage. C'était à lui d'abattre les défenses d'Emerald, maintenant.

— Luljeta était la fiancée de mon frère, Visar. En tant que princesse d'un pays voisin, elle lui était promise depuis sa naissance. C'était un mariage de convenance, une union de territoires. Sa dot devait permettre à Sofnantis d'annexer des terres disputées entre nos deux pays depuis des décennies.

— C'est bien de voir que ton pays vit avec son temps, railla-t-elle.

— L'histoire d'un pays ne change pas du jour au lendemain ! asséna-t-il, piqué au vif. Et Luljeta était heureuse d'avoir une porte de sortie qui lui permettrait d'échapper à l'influence de son père, qui est un homme particulièrement mauvais.

— Je vois.

— L'organisation du mariage battait son plein lorsque mon frère est mort. Il a toujours été imprudent…, marmonna Kostandin sans pouvoir dissimuler sa désapprobation. Il aimait le risque pour le risque. Le sol était mouillé, son cheval était nerveux, lui-même avait bu la veille. Il aurait dû annuler la chasse, et il le savait. Quoi qu'il en soit, sa mort a mis Luljeta dans une position difficile…

— Parce que ton pays n'aurait pas récupéré ses terres ? proposa Emerald, toujours sardonique.

— Je me fichais des terres, Emerald ! Si tu crois que je suis cupide, c'est encore une preuve que tu ne me connais pas. En revanche, j'avais à cœur de ne pas laisser la fiancée de mon frère à la merci d'un homme cruel qu'elle voulait fuir à tout prix. Son père lui aurait fait payer le fait d'être toujours vieille fille.

— Vieille fille ?!

— Je ne fais que t'expliquer la situation avec le vocabulaire qui lui correspond dans mon monde, Emerald. Le père de Luljeta était déjà malade : les docteurs ne lui donnaient que quelques mois à vivre. Il nous suffisait de nous marier et d'attendre sa mort.

Il secoua la tête avec un petit rire amer.

— Malheureusement, cette vieille ordure n'était pas aussi malade qu'il l'avait laissé entendre, et il a mis des années à lâcher prise. Voilà pourquoi ce qui aurait dû être une union brève s'est transformé en mariage de presque cinq ans.

— Tu as survécu, de toute évidence…

— Bien sûr. Il n'y avait pas que des désavantages, et les humains sont capables de s'adapter à tout.

La riposte était mordante. Avec satisfaction, il regarda Emerald accuser le coup de son sous-entendu. Il ne la laisserait pas le juger pour avoir fait son devoir.

— Alors tu sors d'un mariage de convenance et tu m'en proposes un autre ? dit-elle. Une relation transactionnelle, c'est ça ? C'est peut-être dans ta nature, mais pas dans la mienne.

— Tu ne sais rien de ma nature. La transaction fait partie de la vie d'un roi, c'est tout. C'est un pari plus sensé que de se soumettre aux caprices des émotions et de ce que d'aucuns appelleraient l'amour. Maintenant que tu sais tout, dis-moi. Veux-tu être ma femme ?

Dieu merci, Emerald était assise. Avait-elle bien entendu ? Avait-elle entendu Kostandin, le roi de Sofnantis, la demander en mariage ? Oh ! il ne le faisait pas de gaieté de cœur, bien sûr. Il ne s'était pas agenouillé, au clair de lune, avec dans le regard l'éclat de la passion. Sans bague, sans diamant, sans tendresse. À la place, il avait lâché sa proposition avec une efficacité traînante, d'un ton sec et pragmatique, et elle aurait dû répondre avec la même clarté, répondre « Merci, mais non merci ». Quelle femme moderne aurait accepté cet arrangement si laid, avec un homme sans cœur, même s'il était le père de son fils ?

Pourtant...

Pourtant, il y avait quelque chose entre eux. Quelque chose de plus que le fils qu'ils partageaient. Elle la sentait, au plus profond d'elle-même, cette intimité incroyable, cette facilité ineffable qu'elle avait ressentie dès la première seconde, malgré la différence de leurs statuts. Une alchimie qu'elle ne pouvait quantifier, et qui, même à cet instant, lui réchauffait les veines, et la faisait fondre à chaque fois qu'elle croisait son regard. Il savait la faire rire, la faire brûler, la faire vivre.

Une pointe d'espoir lui toucha le cœur. Elle avait regardé Kostandin jouer avec Alek, sur la plage. Elle avait vu la façon dont Alek lui avait montré ses trophées de foot en rentrant, le bonheur avec lequel il avait bavardé avec son père dans la cuisine, alors qu'elle préparait le repas près d'eux. Ne valait-il pas mieux qu'elle laisse ses peurs égoïstes de côté pour assurer le bonheur de son fils ? Elle n'avait jamais eu de figure paternelle auprès d'elle. Elle avait l'opportunité de combler ce manque pour son enfant. Elle ne risquait rien, de son côté, du moment qu'elle restait honnête avec elle-même. Plus de fantasmes d'amour, de romance ou d'éternité. Ce mariage ne serait jamais une union sentimentale, il l'avait dit lui-même.

— En théorie, je ne vois pas pourquoi je ne t'épouserais pas, dit-elle prudemment.

— Bien, lâcha-t-il en jetant un œil à sa montre. Dans ce cas, il faut établir un contrat le plus vite possible.

— Un contrat ?

— Bien sûr. Mes avocats auront rédigé le document avant que toi et Alek n'arriviez à Sofnantis, ne t'inquiète pas. Je te propose un maximum de treize années de vie commune, jusqu'à ce qu'il soit majeur. Ensuite, si cela te convient, nous pourrons dissoudre notre union. Et tu seras une femme riche.

Emerald cligna des yeux. Si espoir il y avait eu, quelques secondes plus tôt, il s'était envolé en fumée. Sur le visage de Kostandin, elle ne trouva qu'une froideur calculatrice. Son cœur chuta comme une pierre, malgré toutes ses belles résolutions de pragmatisme.

Il n'avait aucune affection, aucun sentiment pour elle. Il ne lui avait jamais menti : elle n'avait été qu'un coup d'un soir parmi tant d'autres, et maintenant, elle était devenue un simple instrument pour arriver à ses fins. Elle avait imaginé entre eux une connexion particulière ; il n'avait jamais vu qu'un accord commercial. Elle serra les dents.

— Comme je le disais, je ne vois pas pourquoi je ne t'épouserais pas, en théorie, reprit-elle avec un sourire froid. Mais je demande une période d'essai avant de te donner ma décision définitive.

— Une période d'essai ? répéta-t-il, incrédule. Je ne comprends pas.

— Ce que tu me proposes est très important, Kostandin.

— Découvrir que j'ai un héritier l'est aussi, Emerald.

Elle soutint son regard polaire, déterminée à ne pas se laisser intimider.

— Tu ne t'attendais tout de même pas à ce que je retire Alek de son école du jour au lendemain et que je l'emmène dans un pays inconnu sans avoir jugé de la situation par moi-même ?

— Tu ne vas pas le laisser ici ! Plavezero a une école internationale très connue. Ou alors, il peut suivre des cours particuliers au palais. Mais je veux que tu l'emmènes.

— Je n'en doute pas. Cependant c'est ma décision, Kostandin. Je ne suis pas un de tes laquais. Cette fois-ci, tu n'auras pas le dernier mot.

Un muscle pulsait à l'angle de sa mâchoire crispée. Il secoua la tête.

— Invite aussi ta sœur, si ça peut te rassurer.

— Non. Nous avons un commerce, ici, à Ambleton.

— Je peux engager des suppléants pendant votre absence.

Emerald voyait mal les gens du village accueillir des inconnus en costume à bras ouverts, et encore moins leur acheter des petits gâteaux.

— Tu crois vraiment que jeter de l'argent sur tes problèmes est la seule façon de les résoudre ?

— C'est souvent une très bonne stratégie, oui.

— Ma réponse ne changera pas, Kostandin. Soit je commence

par venir seule, soit nous ne viendrons pas du tout. Réfléchis-y, d'accord ? s'enquit-elle en jetant un œil à sa montre. En attendant, je préférerais que tu partes avant que Ruby ne revienne.

Dans son regard d'un bleu si pur, elle vit clairement brûler une flamme d'irritation... mais pas seulement. Elle n'avait pas beaucoup d'expérience, mais elle savait le lire, lui. Elle décela sans peine le désir qui le consumait, sous l'étincelle de sa colère. Elle l'excitait toujours.

Et un pouls brûlant battait au fond d'elle.

Parvenait-elle à dissimuler sa fièvre, mieux qu'il ne cachait la sienne ? Se serait-elle laissée fondre dans ses bras, s'il traversait la pièce et l'attirait contre lui ? Pire, se serait-elle laissé convaincre, enivrée par un baiser, de venir avec lui jusqu'à Sofnantis sans autres objections, et de prendre Alek avec eux ? Quelque part, au fond d'elle-même, n'était-ce pas ce qu'elle voulait ? Qu'il l'absolve de toute responsabilité et la libère du fardeau de ces décisions qui l'emplissaient de terreur ?

Mais il ne traversa pas la pièce. Son visage fermé se fit aussi dur que du granit.

— Je ne savais pas que tu pouvais être aussi têtue, Emerald.

— Je ferais tout ce qui est en mon pouvoir pour protéger mon enfant, Kostandin. C'est aussi simple que cela.

Il se détourna d'un geste brusque et ouvrit la porte d'entrée. Sur le fond obscur du soir naissant, il lança par-dessus son épaule :

— Je te ferai part de ma décision demain.

La porte se referma doucement derrière lui. Elle entendit sa voiture démarrer quelques instants plus tard. Enfin seule, elle alla se laisser tomber sur le sofa, la tête dans les mains.

C'est ainsi que Ruby la retrouva.

— Alors ? Qu'est-ce qui s'est passé ?

Emerald secoua la tête. Ruby poussa un soupir, tira les rideaux, puis vint s'asseoir près d'elle.

— Écoute. Je comprends, il est attirant, il est puissant, et on dirait qu'il sort tout droit d'un fantasme. Mais crois-moi, tu ne veux pas d'un homme comme ça dans ta vie, pas pour toujours. Il n'est bon qu'à briser des cœurs.

— Je sais, murmura Emerald.

Ruby posa la tête sur son épaule dans une cascade de cheveux blonds, similaires aux siens.

— Qu'est-ce qu'il a dit ? Il t'a proposé de l'argent pour que tu ne révèles pas l'existence d'Alek ?

— Non, souffla-t-elle. Il m'a demandée en mariage.

Ruby lâcha un petit rire.

— Et tu as dit non, pas vrai ?

— Je lui ai expliqué que je voulais prendre le temps de considérer sa proposition. Aller seule avec lui à Sofnantis, d'abord. Tu crois que tu pourrais t'occuper d'Alek ?

Ruby se redressa.

— Tu plaisantes ? Pourquoi tu lui as proposé une chose pareille ?

— C'est ce que je dois à Alek. Faire tout ce qui est en mon pouvoir pour m'assurer qu'il connaisse son père, si la vie que Kostandin lui propose peut le rendre heureux.

Mais, même en prononçant ces paroles, Emerald savait qu'elle n'était pas honnête, ni avec sa sœur, ni avec elle-même. Ses sentiments pour Kostandin étaient compliqués, et une part d'elle cherchait à savoir s'ils pourraient exister, ensemble, en harmonie. En couple, peut-être.

Ruby n'était pas dupe. Le regard qu'elle posa sur elle était acéré, plein d'une compréhension silencieuse. Sa jumelle avait toujours su lire dans ses pensées.

— Sois prudente, Emmy, murmura-t-elle. Cet homme est

dangereux. Il pourrait tout mettre en péril, tout le bonheur que nous avons construit ensemble.

— Je sais. Je sais.

Malgré tout, Emerald commençait à comprendre que le danger était un aphrodisiaque bien irrésistible.

8

— Le jet privé a atterri, Votre Majesté.

Derrière son bureau, depuis les profondeurs paperassières dans lesquelles il s'était enfermé, Kostandin leva le nez et croisa le regard de son secrétaire.

Emerald Baker était arrivée.

Une satisfaction profonde l'envahit. Il n'avait pas voulu croire qu'elle puisse changer d'avis à la dernière minute, mais cette possibilité l'avait torturé, ces derniers jours. Il devait le reconnaître, si ce n'était pour elle, du moins pour lui-même : elle ne se laissait pas faire. Il en venait à se demander si la détermination d'Emerald n'était pas égale à la sienne.

— Je suis occupé, dit-il d'un ton sec.

— J'en suis bien conscient, Votre Majesté.

Pourtant, Lorenc ne s'éclipsa pas. Après une seconde d'hésitation, il osa reprendre :

— Je me demandais si vous aviez décidé d'une stratégie pour l'équipe de presse. Les questions vont pleuvoir lorsque la visite de Mlle Baker sera rendue publique. Une femme célibataire… Et une roturière…

Kostandin posa son stylo d'or sur la pile de documents qu'il était occupé à revoir.

— J'ai l'intention de faire de cette femme ma reine, Lorenc.

Toi et le chef de mon équipe de sécurité êtes les seuls au courant. Gardons cela pour nous pour le moment. Est-ce que les gardes du corps sont bien installés à… ?

— Ambleton ? proposa Lorenc. Oui, Votre Majesté. Le garçon est sous leur protection rapprochée.

— Bien. Dans ce cas, mon plan est simple. J'aimerais que la visite d'Emerald reste aussi discrète que possible jusqu'à ce que le mariage soit annoncé.

Lorenc s'autorisa un toussotement nerveux.

— Dans ce cas, nous avons vraiment besoin de préparer un communiqué, Votre Majesté. La presse people d'Angleterre est un risque majeur : ils sont toujours en quête d'un scoop royal. Et si quelqu'un, là-bas, laissait filtrer qu'elle est ici ?

Il s'interrompit, délicatement, et reprit avec précaution :

— N'y a-t-il pas une chance que Mlle Baker décide de ne pas accepter ce mariage ? Ce serait un cauchemar diplomatique, Votre Majesté.

Kostandin plissa les yeux, le regard rivé sur son secrétaire. La tension raidissait son corps. Il n'avait jamais voulu avoir d'enfant, tout comme il n'avait jamais souhaité être roi. Sa propre enfance était un mauvais souvenir qu'il avait longtemps cherché à étouffer, et il n'avait aucune envie de recréer ce schéma familial. Mais le destin en avait décidé autrement, et il ne pouvait plus rien y faire. Lorenc pensait-il vraiment qu'il laisserait son héritier grandir dans l'obscurité d'un village anglais, et peut-être même sous la tutelle d'autres figures paternelles ?

— Je ne ferai aucun communiqué. Emerald ne le sait peut-être pas encore, mais elle acceptera ma demande, cela ne fait aucun doute. Crois-tu vraiment qu'on refuserait une telle proposition ?

Aucun doute, et pourtant… Au fond de lui-même, il n'en était pas aussi certain qu'il le proclamait. Aucune femme n'avait jamais osé le contredire ; au contraire, elles faisaient plutôt des pieds et des mains pour lui plaire. Mais Emerald lui avait montré qu'elle était têtue comme une mule… Et que, pour son fils, elle serait prête à se battre comme une tigresse. C'était étrange… À quoi la vie pouvait-elle bien ressembler, lorsqu'on avait une mère si aimante ?

— Bien sûr que non, Votre Majesté, s'inclina Lorenc avec un sourire tendu. C'était une suggestion bien stupide.

— C'est bien que tu en sois conscient, rétorqua Kostandin. Fais-la venir dans le salon aux Roses.

Lorenc hocha la tête et battit immédiatement en retraite. Ce n'était pas surprenant : Kostandin s'était montré particulièrement irritable depuis son retour du Northumberland. Il était frustré par la décision d'Emerald, agacé d'admirer sa férocité. Il s'alloua une dernière série de signatures avant de rejoindre, lui aussi, le salon aux Roses.

Sur son chemin, les domestiques baissèrent les yeux avec respect et s'écartèrent hâtivement. Les murs semblaient se refermer sur lui. Devant les doubles portes, deux gardes le saluèrent avant de faire basculer les battants. Lorsque l'un d'entre eux entreprit de le suivre à l'intérieur, Kostandin le congédia d'un mouvement de la main.

— Non. Je veux être seul.

Les portes se refermèrent derrière lui sans un bruit. Seul… Voilà qui était amusant. Il n'était jamais vraiment seul : ses allées et venues étaient suivies, documentées, commentées. Tout le monde l'observait. Tout le monde l'écoutait. Le silence tombait sur son passage. On cherchait sa compagnie lorsqu'il apparaissait en public, on s'empressait de réaliser tous ses désirs lorsqu'il donnait un ordre. On chérissait son attention éphémère. Il avait cru voir la fin de cette camisole de force qu'il avait lentement, sûrement dénouée ; mais voilà qu'elle avait resserré son étreinte autour de lui, et pour toujours.

Dans le célèbre salon aux Roses, alors qu'il attendait Emerald Baker, la colère le submergea. Pourquoi ne lui avait-elle pas parlé d'Alek plus tôt ? Au moins, il aurait pu accepter l'inévitable. L'espoir n'aurait pas grandi en lui, les fantasmes d'une liberté impossible ne l'auraient pas bercé pendant si longtemps. Il se planta devant les hautes baies vitrées et laissa voguer son regard sur les jardins du palais. Ici, des rosiers sauvages laissaient cascader leurs fleurs naissantes, enfin libérées de la forêt d'épines que son frère lui avait léguée. Les magnifiques jardins palatiaux dont son père avait été si fier avaient retrouvé, sous son règne, leur beauté d'antan, après des années de négligence. Kostandin leva les yeux vers le portrait de son père, accroché au-dessus de la cheminée.

Son cœur se serra.

Son père avait si longtemps souffert. Sur le tableau, il se tenait droit et fier dans son uniforme militaire, décoré d'une impressionnante rangée de médailles brillantes. Mais rien ne pouvait cacher la terrible tristesse qui habitait toujours son regard : la conscience que tout son courage physique ne viendrait jamais à bout de sa faiblesse émotionnelle. Voilà ce que l'amour faisait d'un homme : son père était lentement devenu l'ombre de lui-même.

Il était si profondément plongé dans ses pensées qu'il ne perçut pas qu'on frappait à la porte. Une voix douce le ramena sur terre. Il pivota et découvrit Emerald face à lui ; et, quoiqu'il se soit attendu à l'excitation brûlante qu'il ressentait toujours en sa présence, il nota avec irritation et surprise la violence de ses battements de cœur. Pourquoi réagissait-il toujours de façon si intense à sa proximité ? N'avait-il pas aiguisé sa maîtrise de lui-même, année après année ? Ne s'était-il pas toujours caractérisé par une réserve hors du commun ?

Pourtant, en passant la nuit avec Emerald Baker – pas une fois, mais deux ! –, il avait brisé toutes ses propres règles, il avait découvert un bonheur d'une intensité insoutenable...

Un bonheur débilitant.

Et elle ne faisait rien pour arranger son cas : aucune femme convoquée par le roi de Sofnantis n'aurait osé s'habiller avec une telle décontraction. Elle portait une petite robe d'été dont l'étoffe légère dévoilait la courbe de ses seins. Elle avait les bras nus et des sandales pailletées qu'il aurait pu acheter pour rien sur les marchés populaires de Plavezero. Ses cheveux étaient simplement nattés en une tresse épaisse. Dans le luxe nacré du salon aux Roses, elle ne payait pas de mine ; mais elle était très belle, malgré tout : un ange en oripeaux.

— Bonjour, Kostandin, dit-elle.

Déchiré entre la rancœur et le désir, il répondit avec une formalité qu'il avait apprise dès l'enfance :

— Emerald. Quel plaisir de te voir.

— Vraiment ?

— Faisons comme si je ne mentais jamais. Comment s'est déroulé ton voyage ?

— Plus compliqué que je ne m'y attendais. Pourquoi me faire passer par Francfort et prendre une correspondance ?

— Pour que ta trace soit plus difficile à suivre, aujourd'hui et dans le futur, si des journalistes se penchent sur ce trajet. C'était une protection, pour toi et pour notre fils. Pour le moment, il vaut mieux que ton identité reste secrète.

Contre toute attente, elle ne sembla pas particulièrement impressionnée ; elle se contenta de hausser un sourcil, laissant son regard rebelle toujours fixé sur lui.

— Je vois. Je ne m'attendais pas à un accueil aussi enthousiaste, je dois te l'avouer, railla-t-elle.

Il fronça les sourcils.

— Tu es ironique ?

— À ton avis, Kostandin ?

— Il n'est pas habituel d'insulter ainsi le roi, Emerald, répondit-il avec hauteur, déterminé à dissimuler combien il aurait voulu embrasser sa petite moue insolente.

— Tu vas me faire jeter dans ton donjon ?

— Pitié. Ne me tente pas plus.

Oh ! mais Emerald avait toujours une envie primitive de le tenter, toute dangereuse que soit cette idée. Elle resta de marbre, néanmoins, et posa son sac à main sur une table incrustée de pierreries. Avant toute chose, elle voulait garder le masque de bravoure qu'elle avait travaillé avec effort pendant leur séparation. Le voyage avait été dur : c'était la première fois qu'elle se séparait vraiment de son petit garçon, et il lui manquait déjà. Elle ne savait pas à quoi s'attendre, ici ; elle craignait ce que le futur lui réservait. Une chose était certaine : il ne servait à rien de venir à Sofnantis si elle se laissait intimider par Kostandin. Elle lui donnerait une chance, pour Alek. Et pour cela, elle le traiterait comme un homme, pas comme un roi.

Une tâche on ne peut plus compliquée car, depuis qu'elle avait posé le pied dans le pays, tout avait conspiré à lui rappeler qu'elle venait d'entrer dans un autre monde, un monde impossible de richesse et de pouvoir. Le palais, construit près d'un lac scintillant, lui avait arraché une exclamation d'admiration.

Son fils était l'héritier de ce pays aux arbres foisonnants, aux rues étincelantes, au drapeau noir, vert et rose. Son fils.

Elle n'avait pas droit à l'erreur.

Elle n'avait pas le droit, non plus, de mettre en péril la stabilité de son petit garçon. Elle et sa sœur avaient travaillé trop dur pour construire son bonheur ; Alek ne viendrait ici que si, et seulement si, Sofnantis était la meilleure option.

Pour l'instant, elle était loin d'en être convaincue. Depuis qu'elle avait mis les pieds au palais, elle s'était sentie diminuée, et Kostandin n'avait fait que prendre en stature. Dieu merci, il ne portait pas d'uniforme royal brodé d'or et constellé de médailles ; Sofnantis était un pays ultramoderne, avec une économie développée, et son souverain en était le reflet. Il était vêtu d'un élégant costume anthracite, taillé sur mesure. Bien sûr, il le portait avec cette virilité innée qui l'avait toujours tant troublée. Avec effort, elle soutint son regard de saphir.

— Je m'attendais à ce que tu viennes me chercher à l'aéroport, au moins.

— Traditionnellement, le monarque n'accueille pas ses visiteurs à l'aéroport, à moins qu'eux-mêmes soient aussi issus d'une famille royale. Ce que tu n'es pas, évidemment.

— Tu ne fais pas d'exception pour la femme que tu veux épouser ?

— Il vaut mieux ne pas faire d'exception à la règle afin de ne pas créer de précédent.

Elle pinça les lèvres mais ne parvint pas à cacher sa frustration.

— C'est comme ça que tu vas te comporter avec moi, maintenant ? s'exclama-t-elle. Et depuis quand parles-tu de toi à la troisième personne ?

— À ton avis ? rétorqua-t-il. Depuis que le poids de la couronne a été placé sur ma tête et celui du sceptre dans ma main ! Depuis que je suis devenu roi !

— Avec moi, tu n'es pas seulement roi. Nous essayons de jauger si nous pouvons supporter d'être mariés. Si tu veux bien, je préférerais que tu me traites comme un être humain, pas comme un de tes sujets, et je ferai de même pour toi, merci bien.

Elle perçut l'éclair d'incrédulité qui passa sur son visage habituellement si maîtrisé. Il avait retenu son souffle. Elle ne baissa pas les yeux. Si elle voulait survivre à cette situation, c'était clair, elle allait devoir rester honnête, et camper sur ses positions. Face à elle, à sa grande surprise, Kostandin hocha la tête.

— Très bien. Je ferai mon possible pour être plus informel. Comment va Alek ?

— Il va bien, dit-elle. Ruby m'a envoyé des photos de lui sur le chemin de l'école, ce matin.

Elle sortit son portable de sa robe.

— Tu veux les voir ?

— Pourquoi pas. Si tu le souhaites.

Eh bien, ce n'était pas l'impatience qui l'étouffait…

Néanmoins, elle alluma son écran et lui montra la première photo. Il prit le téléphone, mais son visage resta fermé, et elle ne parvint pas à jauger sa réaction alors qu'il passait d'image en image. En était-elle même capable ? Si près de lui, elle avait retrouvé le trouble qui la torturait toujours en sa présence. Les images de leur nuit à l'ambassade la hantaient en bribes encore brûlantes ; leurs ébats sur le tapis précieux, l'expertise de ses caresses… Malgré tout, elle avait envie de le toucher, de l'embrasser, et bien plus encore.

Ils n'avaient pas parlé du rôle que jouerait le sexe dans cette visite ou dans leur potentiel mariage, et elle ne voulait pas être la première à mettre le sujet sur le tapis. Quant à lui, il était sans doute trop fier pour mentionner son désir le premier, si désir il y avait. Jusqu'à nouvel ordre, cela resterait tabou.

Elle revint brutalement à la réalité lorsqu'il lui rendit son téléphone, le frôlement de ses doigts lui faisant comme un électrochoc contre la peau.

— Oui, je suis d'accord. Il a l'air d'aller bien.

Emerald retint une grimace devant cette réaction tiède. Même des inconnus auraient eu la politesse de mentionner combien Alek était mignon, mais Kostandin était différent : il était roi, ce qui signifiait qu'il était libre de faire ce qu'il voulait. Et de toute évidence, il ne voulait pas faire semblant d'être enthousiaste.

— Il doit tenir sa bonne humeur de moi, susurra-t-elle.

La provocation ne sembla pas le troubler. Il se contenta de faire sonner une petite cloche d'or qu'elle n'avait pas remarquée jusque-là.

— J'ai du travail, lâcha-t-il. Un domestique va te faire visiter tes appartements. Nous dînerons ensemble ce soir.

— Ou alors, tu pourrais me faire visiter toi-même ? s'enquit-elle, le menton haut, déterminée à ne pas se laisser congédier aussi facilement. Pour te faire pardonner de ne pas m'avoir accueillie à l'aéroport ?

Il haussa les sourcils.

— Tu veux que je fasse le travail d'un domestique ?

— D'aucuns parleraient simplement d'hospitalité élémentaire, Kostandin.

— Encore une fois, critiquer le roi ainsi est inadmissible, s'agaça-t-il.

— Même si c'est vrai ?

Kostandin la foudroya du regard. À son grand dam, il était vaguement admiratif face à sa constante impudence. Il n'avait cependant pas l'intention de le laisser paraître. La mâchoire crispée, il inclina la tête avec réticence :

— Très bien. Allons-y.

Alors qu'il traversait les couloirs à grandes enjambées, la petite blonde trottant sur ses talons, il était douloureusement conscient des regards abasourdis qu'on jetait sur son passage. Les domestiques – dont le rôle était de se fondre dans le paysage et de disparaître comme des ombres – se figeaient, aujourd'hui, les yeux exorbités. Une étincelle d'amusement le traversa. Il fallait avouer qu'Emerald Baker ne pouvait que les surprendre.

Que le surprendre, lui.

Au contraire de Luljeta. Oui, Luljeta avait été la reine parfaite : noble, bien éduquée, modelée pour la couronne. Et pourtant… Pourtant…

Il s'arrêta devant la haute porte de l'une des plus grandes suites du palais. Derrière lui, elle émit une exclamation d'admiration lorsqu'il en poussa les battants. C'était bien normal. Il se souvenait du modeste cottage d'Emerald, du salon si étroit où il avait fait les cent pas. C'étaient les touches personnelles qui avaient rendu l'endroit douillet, plutôt que son agencement. Les photos de leur fils sur le mur. Les petits trophées exposés sur le manteau d'une humble cheminée. Les restes d'un gâteau fait maison, dans la cuisine, sur une assiette décorée. Le cœur de Kostandin se serra d'une émotion qu'il ne connaissait pas, et il observa Emerald alors qu'elle découvrait ses appartements.

— C'est magnifique, souffla-t-elle.

Mais, au lieu de regarder les meubles en bois précieux ou les innombrables œuvres d'art qui décoraient le salon, elle avait les yeux fixés sur la baie vitrée, et le panorama des lointaines montagnes reflétées par la surface lisse du lac, comme si rien ne la transportait plus que la beauté si pure de la nature.

Était-ce pour cela qu'il la trouvait si irrésistible ? Parce que sa beauté était si pure, elle aussi ? Depuis leur première rencontre, il avait été frappé par son visage dénué d'artifice, ses longs cheveux d'or, et la captivante symétrie de son corps ferme, modelé par la marche et le travail. Même à cet instant, malgré la rancœur, malgré sa tension, il aurait aimé saisir sa longue tresse et l'allonger nue sur le lit à baldaquin ; il aurait aimé plonger de nouveau au cœur de ses cuisses brûlantes...

Bien sûr, il n'avait jamais mis ses charmes en doute. C'était la façon dont elle pouvait en jouer qu'il devait craindre. Il aimait son corps, oui ; et elle avait habilement utilisé cette faiblesse pour lui annoncer l'existence d'Alek au moment où il était le plus vulnérable, détendu, rassasié, confiant. Elle avait attendu son heure, aussi patiente qu'une prédatrice, avant d'asséner le coup de grâce à ses rêves. C'était comme cela que les femmes prenaient le pouvoir, il le savait.

Il durcit son cœur face à la tendre beauté de son visage innocent, et montra un bouton près de la porte.

— Quand tu presseras cette sonnette, un domestique se présentera à ton service.

— Comme un génie quand on frotte une lampe ?

— Dans la limite du raisonnable, oui, ils exauceront tes moindres désirs, répondit-il sans relever le sarcasme. Tu trouveras une bibliothèque, une piscine et une salle de cinéma à ta disposition. Les jardins sont très grands ; un membre de l'équipe d'horticulture pourra te les faire visiter. Nous prendrons notre dîner dans la salle d'Argent, à 20 heures précises, en tenue de soirée. D'autres questions ?

— Où est la salle d'Argent ?

— Derrière la double porte incrustée d'argent, dans le grand couloir où nous nous sommes retrouvés. Quelqu'un t'y emmènera.

— Je n'ai pas de tenue de soirée.

Il fit claquer sa langue, agacé.

— Pourquoi donc ?

Elle haussa un sourcil belliqueux.

— Je ne sais pas, Kostandin. Peut-être parce que le commun des mortels n'a pas pour habitude de dîner dans un palais avec un roi ?

— Eh bien, tu vas devoir improviser. Pas de robe de plage ni de jean, d'accord ?

— Oh ! oui, Votre Majesté, minauda-t-elle, visiblement piquée. À vos ordres, Votre Majesté.

Il s'apprêtait à pivoter, mais la pensée qui l'avait torturée jusque-là le prit à la gorge ; malgré lui, il s'entendit reprendre la parole, le cœur serré à en souffrir :

— Qu'est-ce que tu lui as dit ?

— À qui ?

— À Alek, gronda-t-il.

— Il sait que je passe une semaine ici. Il pense que je prends des vacances au soleil...

— Je ne parle pas de ça, coupa-t-il. Qu'est-ce que tu lui as dit à mon propos ? Est-ce qu'il sait que je suis son père ?

— Oh. Non. Je trouve qu'il est trop tôt. Et que nous devrions lui annoncer ensemble.

— Tu penses qu'il n'a pas deviné ?

— Kostandin, il a cinq ans. Tu crois vraiment qu'il croit que tous les hommes qu'il rencontre pourraient être son père ?

Un silence pesa sur la pièce. Les mots lui brûlaient la langue. Il savait qu'il allait la blesser, mais... peut-être était-ce son but, justement. La meurtrir comme elle l'avait fait avec lui.

— Je ne sais pas, Emerald, combien d'hommes il rencontre en l'espace d'une semaine et dans quelles circonstances.

Les joues d'albâtre rosirent brutalement, et elle pinça les lèvres. Elle porta une main crispée à sa gorge, dans l'espoir, peut-être, de cacher les rougeurs qui marquaient sa peau.

— Est-ce que tu insinues que je le présente à un flot constant d'amants différents ?

— Bonne question. À toi de me le dire.

Emerald serra les dents, fiévreuse de colère et de douleur. Pas seulement car il la jugeait, mais aussi car il dévaluait les deux nuits qu'ils avaient passées ensemble, minimisait l'importance qu'il avait pour elle. N'avait-il donc pas compris que ce qu'ils avaient partagé était spécial pour elle, unique ? Le sexe était-il pour lui une habitude si automatique qu'elle n'était, à ses yeux, qu'un corps sans visage parmi tant d'autres ?

Et puis, au-delà de son propre vécu, de l'indifférence qu'elle avait ressentie pour tous les hommes qui avaient croisé son chemin depuis Kostandin, elle voulait défendre ses décisions parentales. Jamais elle n'aurait présenté Alek à une farandole d'inconnus destinés à disparaître de sa vie ; jamais elle n'aurait mis en péril la stabilité de son fils. C'était le plus important, et la seule chose qui concernait Kostandin.

— Tu sais que j'étais vierge quand tu m'as rencontrée, murmura-t-elle.

— L'un n'empêche pas l'autre.

— Il n'y a eu personne depuis, lâcha-t-elle sèchement.

Voilà. C'était dit. Elle avait honte, soudain, de sa loyauté déplacée, une loyauté qu'il n'avait jamais demandée. Et de fait : cet aveu ne sembla pas adoucir le jugement du roi de Sofnantis.

— Et pourquoi te croirais-je ?

— Pourquoi mentirais-je ? s'étonna-t-elle, incrédule.

— Parce que les femmes mentent. C'est dans leur ADN.

Cette accusation gratuite la laissa bouche bée. Pendant un moment, elle ne trouva rien à répondre. Puis, d'une voix douce, elle reprit :

— Tu sais, j'ai pitié de toi.

— Pitié de moi ? siffla-t-il, dangereusement proche, dangereusement séduisant malgré toutes les absurdités qu'il avait prononcées aujourd'hui.

— Bien sûr. Que pourrais-je ressentir d'autre, face à un homme qui a une vision des femmes aussi cynique ? Aussi ridicule ? Maintenant, si tu veux bien, j'aimerais que tu me laisses en paix. Je veux appeler mon fils.

Il ne parvint pas à masquer la colère que lui inspirait un congédiement aussi insolent. Cependant, presque immédiatement, un masque d'indifférence retomba sur ses beaux traits statuesques, et il quitta les appartements d'Emerald la tête haute, avec toute la dignité qui seyait à son rang.

9

Emerald retint son souffle, poussa la porte, et entra dans un monde illuminé d'une pluie de chandeliers scintillants, cascadant d'un sublime plafond aux arches peintes d'argent. C'était la plus belle salle de réception qu'elle ait jamais vue, et pourtant, ce fut Kostandin qui captura immédiatement son attention. Grand et sombre devant les portes-fenêtres, il pivota vers elle, le visage implacable de sévérité.

— Tu es en retard, accusa-t-il.

— De seulement dix minutes, dit-elle d'une voix qu'elle espérait atone.

Toutefois, son cœur battait si fort que son rythme effréné noyait ses pensées. Oh ! elle lui en voulait toujours ; mais comment lutter contre ce que lui soufflait toujours son corps en sa présence ? Comment contrôler ce magnétisme qui l'unissait à lui ? Dans son smoking noir, dont la ligne sublime était encore soulignée par une chemise immaculée, il était beau à couper le souffle. Ses yeux étaient d'un bleu aussi profond qu'une nuit d'hiver ; ses cheveux d'un noir brillant comme de l'onyx. Il était magnifique, et il était très, très agacé.

— Désolée..., ajouta-t-elle.

— Être désolée ne suffit pas, martela-t-il. Tu ne peux faire attendre le roi, Emerald. C'est le summum de l'impolitesse.

— Je ne fais pas partie de tes sujets, Kostandin. Je te traiterai toujours comme mon égal. Si je suis en retard, ce n'est pas parce que je ne te respecte pas, mais parce que je me suis perdue. C'est un grand palais, tu sais ? Et un vrai labyrinthe !

— Tu aurais dû faire appeler quelqu'un pour qu'on te guide jusqu'ici !

— Non. Je voulais trouver la salle de réception toute seule. On n'apprend jamais rien en laissant les gens faire tout le travail à sa place. Et puis, je préfère être indépendante.

Elle soutint son regard et haussa un sourcil lourd de sous-entendus.

— Je pense que tu es d'accord, non ? C'est très inhibant d'avoir toujours des domestiques avec soi.

Il se raidit, mais n'objecta pas. À la place, il rétorqua :

— Tu seras ravie de savoir que nous mangeons dans les jardins, dans ce cas. Ce sera plus privé et moins formel.

C'était une attention inattendue de sa part, et Emerald sourit, touchée, en voyant que la table avait été installée dehors, nappée d'un lin blanc comme neige, et protégée par une charmille de roses pâles. Ceintes de cristal et d'argent, de hautes bougies s'élevaient au centre, et leurs flammes dansaient à peine dans la brise légère du soir tiède. Emerald suivit le roi dans cette atmosphère onirique, encore rehaussée par le parfum enivrant des roses et la tendre lumière du croissant de lune. Une ambiance bien romantique, pour un repas qui ne l'était pas. Sur ce point, Kostandin ne laissa pas place au doute :

— Tu ne plaisantais pas quand tu as dit que tu n'avais pas de tenue de soirée, lâcha-t-il, critique, en prenant place.

En l'occurrence, elle portait une de ses plus belles robes, une pièce qu'elle s'était estimée très chanceuse d'avoir trouvée dans une boutique de seconde main. Elle n'était pas de la dernière mode, certes, mais elle lui allait bien, tombait jusqu'à ses chevilles, et avait la jolie couleur jaune pâle des primeroses anglaises.

Elle haussa les épaules, irritée. Si Kostandin était un de ces hommes superficiels qui pensaient que la beauté s'arrêtait à la surface, grand bien lui fasse ; elle ne perdrait rien en le décevant.

— Penses-tu que tu pourrais éviter de m'insulter, ce soir ? Je ne suis pas d'humeur à supporter tes critiques.

Elle jeta un regard alentour, à cette merveilleuse table esseulée, dissimulée par des gerbes de fleurs.

— Est-ce que c'est pour cela que tu as décidé de manger dehors ? Parce que tu as honte de moi ? Peut-être que je suis plus supportable à regarder à la lueur des étoiles, plutôt que sous le faisceau de ces énormes chandeliers ?

— Ne sois pas absurde, Emerald, répondit-il en fronçant les sourcils. Tu sais très bien que tu es... très belle.

Voilà qui était plus qu'inattendu. Elle cligna des yeux.

— Vraiment ?

— Mais, reprit-il en ignorant le besoin qu'elle avait d'être rassurée, vivre au palais induit nécessairement de hautes exigences. Tu as besoin d'une nouvelle garde-robe et d'un conseiller pour t'orienter. L'assistante de Lorenc pourra arranger une session de shopping à Plavezero.

Elle reposa précautionneusement son verre à pied au centre d'un océan de couverts d'argent (elle n'avait jamais vu autant de fourchettes et de couteaux à la fois autour d'une assiette).

— Ne va pas trop vite en besogne. Pourquoi dépenser de l'argent alors que tu n'es pas certain que je reste ?

— Parce que, quoi qu'il arrive, tu vas te présenter à des événements officiels pendant ton séjour, afin que tu fasses l'expérience du quotidien royal. C'était ce dont nous avions convenu, n'est-ce pas ?

Son regard perçant courut sur sa robe jaune.

— Tout le monde aura les yeux rivés sur toi, et je préférerais que tu ne sois pas habillée comme...

— Comme quoi ?

— Pitié, Emerald. Ne tends pas si souvent le bâton pour te faire battre. Cela ne fait qu'encourager le conflit.

— J'ai l'impression que tu adores le conflit, justement.

— Ou peut-être que tu fais ressortir ce qu'il y a de pire chez moi, murmura-t-il.

Leurs regards s'accrochèrent dans un duel silencieux, électrifié d'un brasier sous-jacent. Oh ! comme elle détestait son incapacité à contrôler son corps lorsqu'il était près d'elle ! Comment cet homme, et seulement cet homme, pouvait-il la faire réagir ainsi et l'attiser d'une simple œillade ?

— Qu'est-ce que tu as prévu ? souffla-t-elle enfin, la gorge nouée. Ta cour va se demander qui je suis et pourquoi je suis là.

— Bien sûr. Inévitablement, ils vont se poser des questions. Mais j'ai eu une idée grâce aux photos.

— Quelles photos ?

— Celles d'Alek. En noir et blanc, tu sais ? Tu as dit que tu faisais de la photo pour le plaisir ?

— Oui, quand j'ai le temps.

— Eh bien, ici, tu as le temps.

Il triturait nerveusement le pied de son verre, comme si quelque chose le mettait mal à l'aise.

— Mon équipe de com me supplie de retravailler mon image depuis un moment, maintenant, confia-t-il avec réticence. Selon des sondages récents, mon peuple me considère comme un homme austère, sérieux, sans aucune joie de vivre ; et apparemment, c'est un problème. Peut-être pourrais-tu changer la façon dont les gens me voient.

— Je ne peux pas faire de miracle, Kostandin.

La pique porta ses fruits et arracha un sourire à Kostandin, un merveilleux sourire, comme un rayon de soleil à travers la tempête. Il lui avait souvent souri ainsi, six ans plus tôt. Cette image lui avait manqué et c'était toujours le cas : elle aurait aimé la capturer en photo.

— Seuls Lorenc et le chef de ma sécurité connaissent ton véritable statut, Emerald. T'inventer une tâche pour ces quelques jours à Sofnantis devrait apaiser les rumeurs, pour un temps, même si rien ne pourrait les éradiquer tout à fait. Bien sûr, j'aurais tous les droits sur ces photos, ajouta-t-il en arquant un sourcil sardonique. Au cas où tu voudrais t'en servir comme garantie contre moi dans le futur.

Le sourire s'était envolé, et avec lui tout espoir que Kostandin puisse se montrer cordial. Emerald fronça les sourcils.

— Qu'est-ce que c'est, exactement, ton problème ? Comment peux-tu croire que les motivations de tout un chacun sont aussi mauvaises ?

Il émit un rire cynique.

— Passe un peu de temps à ma place, et tu pourras répondre à ta question.

L'arrivée d'un bataillon de domestiques les interrompit. Chacun était doté d'une élégante livrée et de délicats plateaux d'argent. Emerald se servit une portion de riz parfumé et sourit au serveur le plus proche pour le remercier. Kostandin les congédia d'un discret mouvement de l'index, et la petite armée s'évapora dans les ombres bleues de la nuit.

— En parlant de questions, reprit Emerald, j'en ai quelques-unes pour toi.

Après tout, elle ne savait rien de lui, ou presque. Ils avaient un enfant mais ce n'était que la deuxième fois qu'ils partageaient un dîner. Il était temps d'apprendre vraiment à le connaître.

— Je t'écoute, dit-il de sa voix dangereusement soyeuse.

— J'aimerais juste en savoir plus sur toi. Comment tu en es arrivé là. Où tu es allé à l'école. Ta vie, tu vois.

Kostandin fronça les sourcils. Aussi simple que cela puisse paraître, non, il ne voyait pas ; il avait depuis longtemps perdu l'habitude de répondre à des questions personnelles. Même dans son cercle de proches conseillers, toute familiarité était strictement interdite. Faire confiance à qui que ce soit pouvait trop vite devenir un désavantage, et il considérait cela comme un point fort de sa position : après tout, il détestait parler de lui-même et se confier un tant soit peu. Seulement voilà, il ne pouvait pas nier, cette fois-ci, qu'il se devait de faire un effort pour Emerald. Elle avait le droit de savoir.

Il contempla un moment son visage en forme de cœur, éclaboussé de lune. Son cœur battit plus fort.

— On m'a éduqué au palais jusqu'à mes onze ans, dit-il, sans émotion. J'ai ensuite été envoyé au pensionnat, en Suisse.

— Avec ton frère ?

— Non. Ma mère n'aurait jamais accepté une chose pareille. Elle l'aimait bien trop pour le laisser partir, sourit-il, amer. Il a continué son éducation ici.

— Tu as aimé le pensionnat ?

— C'était une école excellente. J'y ai appris le français, l'allemand, l'anglais, ainsi que...

— Non, ce n'est pas ce que je voulais dire, coupa Emerald – une énième entorse au protocole. Comment t'y sentais-tu ? Ta famille ne te manquait pas ?

Il se retint de la reprendre sur son interruption. Il avait compris une chose : Emerald était têtue comme une mule, et s'il la voulait, il allait devoir y mettre du sien.

Et Dieu savait qu'il la voulait.

Il laissa courir son regard sur elle. Il n'avait pas menti, un peu plus tôt : elle était très belle, malgré sa robe bon marché et son absence de bijou. Mais la cascade dorée de sa chevelure était un ornement à part entière, et il se surprenait sans cesse à rêver d'y passer les doigts pour en savourer la douceur. Il voulait tendre la main et caresser ses cuisses nues jusqu'au centre brûlant de son désir ; il voulait la voir s'arquer sur sa chaise et l'entendre crier son nom.

Mais le désir pouvait affaiblir un homme. Avec effort, il détourna le regard.

— Non, ma famille ne me manquait pas. Mon frère et moi étions très différents. J'étais heureux de partir.

— Pourquoi ?

— À ton avis ?

— Votre relation était... toxique ?

Il laissa planer un long silence, les yeux dans les siens. Il pesa le pour et le contre. Elle se mêlait de ce qui ne la regardait pas, mais elle lui offrait aussi une opportunité d'édicter quelques mesures non négociables et un avertissement clair sur ce qu'elle ne devrait jamais, jamais attendre de lui.

— Mes parents ont brisé une règle tacite à laquelle nombre de leurs contemporains aristocrates continuent d'obéir : ils se sont mariés par amour, clarifia-t-il avec dédain. Et évidemment, leur union a tourné au désastre.

— Parce qu'ils étaient incompatibles ?

La voix d'Emerald était douce, hésitante, plutôt que curieuse. Kostandin soutint son regard ; dans les profondeurs de ses prunelles émeraude, il ne trouva que de la sympathie et de l'attention. Certes, il n'avait aucune envie de partager son passé, avec qui que ce soit, mais il devait l'admettre : Emerald lui avait déjà montré qu'il pouvait avoir confiance en sa discrétion.

— Ma mère était une grande manipulatrice, et mon père lui était entièrement dévoué. Elle usait de ses charmes et de sa beauté pour obtenir ce qu'elle voulait. Tu as l'air choqué, Emerald ; est-ce donc tabou de critiquer sa mère ?

— Pour moi, un petit peu, fit-elle avec une grimace.

— Et pour moi, c'est justifié, asséna-t-il. Elle se jouait de lui. Elle lui était publiquement infidèle et, quand il parvenait à invoquer assez de courage pour la défier, elle se contentait de battre des cils et de le couvrir de déclarations d'amour. Et il était aveugle. Chaque fois, il retombait dans le piège.

Emerald observait Kostandin avec attention. Elle savait que ses remarques amères portaient un message caché, un message pour elle, mais elle ne saisit pas la perche au vol. Elle avait l'habitude d'écouter les gens ; elle savait qu'en restant silencieuse, elle l'encouragerait à se confier. Dans la lumière tamisée de la lune et des chandelles, malgré son costume bien taillé, malgré le décor des jardins, malgré ce rôle de roi qu'il maîtrisait si bien, il lui montrait enfin l'homme de chair et de sang qu'il dissimulait si souvent sous un masque d'indifférence. Il était purement lui, à cet instant, et se découvrait enfin.

— Un thérapeute considérerait peut-être que l'exemple de mes parents a influencé ma relation distante avec les femmes, et il aurait sans doute raison, continua-t-il. Cela serait un problème seulement si l'un d'entre nous avait des attentes irréalistes sur ce que notre union pourrait devenir.

Son regard la taillada comme une lame froide.

— Mais ni toi ni moi n'avons d'illusions sur les sentiments que nous nous portons l'un à l'autre, n'est-ce pas, Emerald ?

— Bien sûr que non, dit-elle.

Faites qu'il ne perçoive pas l'hésitation dans sa voix...

— Je ne cherche pas l'âme sœur, reprit-il, visiblement déterminé à ne lui laisser aucun sursis. Non pas que je croie à ce genre de choses.

— Je comprends bien.

— Vois le bon côté des choses : je trouve ta compagnie très divertissante.

— Je suis censée être flattée ?

— Absolument, fit-il, et ses yeux de saphir étincelèrent. Et puis, personne ne peut nier notre compatibilité sexuelle.

— Ah, pourtant tu penses que je suis sexuellement compatible avec une myriade d'autres hommes, n'est-ce pas ? rétorqua-t-elle, défiante. Et lorsque je me suis défendue face à ce que tu considérais visiblement comme des insultes, tu ne m'as pas crue. Je n'apprécie pas qu'on me traite de menteuse, Kostandin.

Il soutint son regard et hocha la tête.

— Je t'ai crue. Je t'ai attaquée parce que j'étais en colère, et j'en suis navré. Je crois aussi qu'Alek est mon fils, avec ou sans test ADN.

Elle pinça les lèvres, mais hocha la tête à son tour, un peu apaisée par des excuses qu'elle n'avait pas espéré recevoir.

— Ce que je veux dire, reprit-il avec un avertissement dans la voix, c'est que je sais que nous voulons tous les deux ce qu'il y a de meilleur pour notre fils. Un mariage serait une bonne solution, et notre alliance pourrait fonctionner, j'en suis persuadé. Mais seulement si tu comprends mes limites et m'acceptes pour l'homme que je suis. Seulement si tu ne fais jamais l'erreur de tomber amoureuse de moi.

10

Emerald s'éveilla dans un lit aussi grand qu'un terrain de football, arrachée au sommeil par les vibrations de son téléphone. Lorsqu'un numéro inconnu la contactait, elle avait toujours l'angoisse terrible que quelque chose soit arrivé à son fils chéri, mais l'Angleterre avait deux heures de décalage en moins avec Sofnantis, et Alek devait donc dormir, sain et sauf. Après son premier sursaut de panique, elle inspira profondément et prit l'appel.

— Allô ?

— C'est moi.

Oh ! elle maudissait ce cœur qui partait au galop lorsqu'elle entendait sa voix profonde, même après qu'il avait prononcé les mots les plus méprisants du monde, la veille.

— Kostandin ? Merci de me révéler enfin ton numéro, je ne sais pas comment j'aurais pu te contacter autrement, dans un palais aussi immense.

— Ma chambre est juste à côté de la tienne.

— Oh ? s'enquit-elle, le souffle court. Tu ne l'as pas précisé lorsque tu m'as fait visiter.

— J'ai dû oublier...

Imaginait-elle le sourire qu'elle percevait dans son timbre ? Osait-il flirter avec elle, maintenant qu'il avait établi des limites claires entre eux ? « Ne fais jamais l'erreur de tomber amoureuse de moi. » Lorsqu'elle avait quitté le jardin, hier, elle était furieuse contre lui et contre elle-même, contre son corps qui, malgré tout, se languissait de ses caresses.

Pourtant, elle avait de la compassion pour lui. Sa propre enfance n'avait pas été facile. Sa mère les avait élevées seule, elle et Ruby, et les fins de mois avaient parfois été ardues. Pourtant, malgré cette instabilité financière, elle n'avait jamais douté des sentiments que sa mère avait pour elle. Elle et sa sœur avaient été aimées et choyées. Kostandin, lui, avait peut-être grandi dans le luxe, mais son enfance semblait tout de même avoir été un cauchemar. Des parents sans cesse en conflit, viciant par leur propre exemple la définition d'un mariage d'amour, et une mère qui avait préféré son aîné et menti à son père. Elle secoua la tête. Voilà qui expliquait pourquoi il était si opposé à l'amour.

Elle s'éclaircit la gorge.

— Tu as besoin de quelque chose, Kostandin ?

— Une assistante de Lorenc va t'emmener faire du shopping.

Il couvrit le combiné, et elle perçut une conversation étouffée.

— Elle arrivera à 10 heures. Cela devrait t'occuper pour la matinée.

— Je ne suis pas un chien qu'il faut distraire, objecta-t-elle.

Il se contenta de rire.

— Viens me voir dans mon bureau ensuite, d'accord ? J'ai un rendez-vous à 14 heures. Tu pourras immortaliser l'occasion. Mais d'abord, va ouvrir ta porte.

Curieuse, elle raccrocha et rejoignit l'entrée. Sur le seuil de la porte, un paquet blanc l'attendait. Elle l'attrapa avec une excitation enfantine et, une fois dans le salon de la suite, souleva le couvercle. Dans un couffin de papier de soie, une autre boîte, puis un appareil-photo – un petit bijou qu'elle connaissait mais n'avait jamais touché que dans ses rêves, car il faisait partie des plus chers du marché. Elle cligna des yeux, le cœur battant la chamade. Depuis des années, elle ne recevait des cadeaux que d'Alek, fabriqués de ses propres mains – des trésors qu'elle chérissait, bien sûr. Mais ce paquet…

Des larmes stupides lui brûlèrent les yeux. Des années plus tôt, elle s'était mise d'accord avec Ruby : s'échanger des cadeaux entre elles était une dépense inutile, et il valait mieux garder leur budget pour Alek. Aucun adulte ne lui avait rien offert depuis bien longtemps. Elle laissa glisser ses doigts le long de la lanière de cuir. Ce n'était pas la dépense, mais l'attention qui la touchait profondément. Elle n'aurait jamais pensé que le roi aux yeux glacés puisse être si…

Non. Elle ne pouvait pas fantasmer sur le fait que Kostandin avait voulu lui faire plaisir : elle avait besoin d'un appareil-photo de professionnel pour tenir le prétexte de sa venue. La motivation du roi de Sofnantis était toute pragmatique.

Malgré tout, elle ne pouvait nier le plaisir que lui procurait le cadeau, et elle rejoignit la salle de bains avec un sourire solaire. La douche était une mousson d'eau pure et de parfum ; elle s'habilla et brossa longuement ses cheveux. Avec l'impression d'être une vraie princesse, elle sonna ensuite la cloche. Immédiatement, une bonne au visage constellé de taches de rousseur, Hana, apparut avec un petit déjeuner gargantuesque arrangé sur une desserte d'argent. À la lumière du jour, les vêtements d'Emerald semblaient plus miteux que jamais, mais le sourire timide d'Hana l'apaisa, et, dans le confort privé de sa suite, protégée du jugement que ne manqueraient pas de lui porter les courtisans si elle osait sortir vêtue ainsi, elle s'installa devant une assiette d'œufs au plat, des tartines, et un bol de délicieux litchis. Préoccupée par le trouble irrésistible que Kostandin provoquait chez elle, elle avait très peu mangé la veille, malgré le merveilleux dîner. Sa faim charnelle avait damé le pion à l'appétit.

Elle venait de terminer son appel quotidien à Alek quand un coup résonna à la porte. Elle alla ouvrir et découvrit sur le seuil une femme qui n'était de toute évidence pas là pour nettoyer la chambre : grande et fine, avec des cheveux roux aussi lisses que son élégante robe couleur sauge, elle avait à la main un calepin et un stylo. Elle lui offrit un sourire encourageant.

— Bonjour, dit-elle avec un accent américain qui augmentait encore ses airs de star hollywoodienne. Je suis Jessica, l'assistante de Lorenc. On ne vous a pas prévenue de ma venue ?

— Oh ! si, bien sûr. Le roi m'a dit que nous allions faire du shopping, c'est bien cela ?

Elle ne s'était pas attendue à ce que sa compagne, par sa simple présence, ne fasse que souligner la médiocrité de son apparence... Mais Jessica avait l'air très sympathique.

— Tout à fait. Vous êtes prête ?

Emerald hocha la tête, attrapa son sac (qu'elle garda fermement sous le bras dans l'espoir d'en cacher le cuir élimé), et suivit Jessica dans les méandres du palais et jusqu'à la grande cour baignée de soleil. Elles grimpèrent dans la voiture rutilante qui les attendait ; sur la banquette arrière, des coussins de soie et des bouteilles d'eau fraîche avaient été mis à leur disposition.

— C'est très gentil à vous de m'accompagner, dit Emerald alors que la voiture descendait la grande allée vers les immenses grilles de fer forgé.

Que savait Jessica, exactement ? Quel était son statut, au sein de l'équipe rapprochée de Kostandin ? Sans plus d'informations de la part de Kostandin, Emerald ne savait pas exactement sur quel pied danser.

— C'est avec plaisir, sourit Jessica. J'adore les vêtements, et puis, j'ai obtenu une licence de design à Harvard.

— Vous êtes américaine ?

— Oui. Je suis venue à Sofnantis en vacances, je suis tombée amoureuse du pays, et j'ai eu la chance d'y trouver un travail. D'habitude, je suis chargée de la décoration de l'intérieur de tous les palais, mais cette mission-ci est un vrai péché mignon.

Elle regarda Emerald de haut en bas.

— J'ai cru comprendre que vous aviez besoin d'une refonte complète de votre garde-robe, de préférence tout de suite, maintenant, urgemment ?

Emerald ne put retenir un petit rire.

— Quelque chose comme ça, oui.

— C'est une demande exceptionnelle, si je peux me permettre, sourit Jessica. Je suis très intriguée. J'ai accompagné la reine Luljeta quelques fois, mais seulement pour voir les nouveautés de saison. J'ai demandé plus d'informations à Lorenc mais...

Jessica poussa un soupir déçu.

— On ne peut rien en tirer, bien sûr. Alors, dites-moi, pourquoi êtes-vous ici, réellement ?

Emerald n'avait aucune envie de jouer un rôle, mais dire la vérité ne ferait que compliquer la situation – et puis, la vérité ne semblait-elle pas plus incroyable que le mensonge ? Si elle confiait à Jessica qu'elle était la mère du fils du roi, et qu'elle réfléchissait maintenant aux tenants et aux aboutissants d'un mariage avec Kostandin, Jessica risquait de lui rire au nez.

— Oh ! je connais le roi depuis longtemps, et il m'a demandé de faire une série de photos pour lui. Il m'a parlé d'une stratégie de communication, c'est ça ? Améliorer son image auprès du peuple. Et comme vous voyez, ma propre garde-robe ne se fond pas vraiment dans le décor.

Rien de tout cela n'était vraiment un mensonge : juste une version travaillée de la vérité. Jessica hocha la tête et lui sourit, même si elle ne semblait pas dupe.

— Je vois. Dans ce cas, je pourrais aussi vous faire un peu visiter la ville en chemin ?

— Avec plaisir.

La voiture traversa le centre de Plavezero, entre ses belles façades crème et ses grands parcs arborés. L'ancien et le moderne s'élevaient autour d'elles en harmonie. Une structure de verre attira le regard d'Emerald : ses angles aiguisés avaient été savamment adoucis par l'ajout de végétation fleurie et, devant l'entrée, d'une superbe statue de marbre à l'effigie d'une enfant absorbée dans un livre.

— Oh ! quel superbe bâtiment ! s'exclama-t-elle.

— C'est la bibliothèque pour enfants, expliqua Jessica. C'est le roi qui l'a fait construire, pendant les deux premières années de son règne, avec un hôpital flambant neuf, deux écoles supplémentaires et un grand nombre de nouveaux projets en passe d'être finalisés.

— Vraiment ? s'étonna Emerald.

— Absolument, sourit Jessica. Il est très différent de son frère... Dès le début, il a travaillé d'arrache-pied pour transformer le pays. C'est pour ça que son peuple l'aime tant, j'imagine, même s'ils le trouvent distant. Il reste leur roi – solennel, mais efficace et généreux.

Emerald brûlait d'en savoir plus, mais se retint de poser les questions qui lui brûlaient la langue : si elle devenait reine, il valait mieux qu'on ne se souvienne pas qu'elle avait interrogé l'équipe de Kostandin à propos de son futur époux. Heureusement, la voiture les déposa bien vite devant leur destination.

Dans la sublime boutique, une vendeuse les fit installer dans un salon privé et leur servit un délicieux expresso pendant que Jessica exposait sa liste de demandes en sofnantien. Très vite, des assistantes réapparurent avec une myriade de porte-vêtements : jupes, pantalons, robes, et même des jeans (bien différents du jean qu'elle avait dans sa valise), mais aussi des ensembles de lingerie qui, comme par magie, soulignaient ses courbes et transformaient sa silhouette. Docile, Emerald essaya chaque article. La plupart étaient...

Emerald resta plantée devant le haut miroir, le cœur battant. Son reflet lui renvoyait l'image d'une inconnue. Il lui semblait avoir été remplacée par une nouvelle version d'elle-même.

C'était une sensation étrange – comme si son état naturel n'était pas assez bien pour ce monde. Comme si une métamorphose était nécessaire.

Néanmoins, elle mima dûment sa reconnaissance.

— Merci, Jessica, dit-elle en serrant la main de l'assistante. Je ne sais pas si ces vêtements me correspondent vraiment...

Sans pouvoir se retenir, avec une curiosité perverse, elle reprit :

— J'imagine que la reine Luljeta était un plaisir à habiller ?

— Oh ! absolument, répondit Jessica en riant. Elle était adorable. Et elle avait ce talent que certaines femmes ont, vous savez... Elle aurait aussi bien pu s'attifer comme un sac, les vêtements se transformaient en haute couture, sur elle.

— Quelle chance, railla Emerald.

Elle ne pouvait s'empêcher de se demander pourquoi le mariage avait implosé, si Luljeta avait été aussi parfaite que tout le monde semblait le penser. Était-ce pour cela que Kostandin ne l'avait pas touchée, depuis son arrivée au palais ? Parce que cet environnement lui rappelait l'extraordinaire beauté de son ex-femme ? Il lui avait dit que leur mariage avait toujours été convenu comme temporaire, mais ils avaient dû apprendre à se connaître intimement, en cinq ans. La jalousie lui rongeait le cœur, aussi malvenue que ridicule. Dieu merci, Jessica lui présenta une dernière housse à vêtements, un sourire impatient aux lèvres.

— Je me suis dit que nous pouvions nous autoriser un peu d'originalité, expliqua-t-elle. Cette robe a été créée par une des étoiles montantes de la mode à Sofnantis, et un peu de publicité ne lui ferait pas de mal. Si vous la portiez, vous ajouteriez à son palmarès ! Tenez, essayez-la.

Emerald fit un pas en arrière en découvrant l'étoffe soyeuse.

— Oh ! non, ce n'est pas mon style...

— Pourquoi pas ?

Parce que des robes pareilles ne convenaient pas à des femmes comme elle. Elle déglutit. Jessica arqua un sourcil.

— Vous savez, vous êtes beaucoup plus jolie que vous ne semblez le penser.

Bien sûr, elle ne disait cela que pour être polie, mais Emerald capitula devant ses encouragements et enfila la robe. Sa forme était remarquable : coupée de biais, elle avait aussi des manches longues. Elle n'aurait jamais porté de la soie couleur crème, pas alors que sa vie était rythmée par le contact impulsif de petits doigts souvent collants, mais, à sa grande surprise, l'éclat de l'étoffe lui allait à ravir. La couleur, subtile, avait quelque chose d'intrinsèquement sexy.

Seulement voilà : elle ne voulait pas se sentir sexy, pas devant un homme qui insistait pour qu'elle garde ses distances ; elle ne voulait pas porter une tenue réfléchie pour une femme bien différente de la personne qu'elle était. Pour une femme glamour et bien née. Elle ne voulait rien de tout cela, mais elle laissa néanmoins Jessica choisir les plus belles pièces, payer la vendeuse, et la ramener au palais.

Elle passa le reste de la matinée à explorer son nouvel environnement. Elle traversa les jardins puis partit à la découverte de l'aile ouest, où elle trouva une grande bibliothèque, dotée d'un nombre surprenant de polars en langue anglaise. Cependant, les mots de Jessica résonnaient toujours dans son esprit. « Un roi solennel, mais efficace », voilà comment elle avait décrit Kostandin. Elle avait insinué que rien ne résistait à sa détermination. Abordait-il la question de leur mariage avec la même attitude ? Était-elle un autre projet, un objectif parmi tant d'autres, une énième façon d'améliorer le destin de son pays et de se démarquer de son frère honni ?

Cette fois-ci, elle se présenta à l'heure devant le bureau du roi, son appareil-photo à la main. Son pouls s'envola lorsqu'elle entendit le groupe approcher à distance : Kostandin, grand et ténébreux au milieu de ses conseillers, dominait l'assemblée. Elle s'appuya contre une colonne au détour du couloir pour le prendre en photo ; il dut entendre le cliquètement de l'objectif, car il se raidit soudain et leva les yeux vers elle.

Leurs regards se trouvèrent à travers l'appareil, pendant une longue, brûlante seconde, et, instantanément, le corps d'Emerald s'embrasa. Elle eut seulement le temps de remarquer le brasier qui habitait son regard bleu, puis l'obturateur se referma ; lorsqu'il s'ouvrit de nouveau, Kostandin avait détourné le regard – une statue d'acier et de glace au centre de sa meute.

Toute ladite meute, maintenant, avait remarqué la présence d'Emerald et l'observait avec une curiosité non dissimulée. Kostandin s'arrêta à sa hauteur.

— Messieurs, je vous présente Emerald Baker. Elle est ici pour prendre quelques photos informelles de notre réunion, cet après-midi. Ne vous inquiétez pas, vous n'aurez pas besoin de sourire ou de vous tenir bien droits : nous cherchons le naturel, n'est-ce pas, Emerald ?

— Absolument, Votre Majesté, répondit-elle en priant pour que ses joues brûlantes ne soient pas aussi rouges qu'elle le craignait. Faites comme si je n'étais pas là !

Plus facile à dire qu'à faire, songea Kostandin alors que sa délégation lui emboîtait docilement le pas. C'était lui qui avait invité la petite blonde à les rejoindre, mais, alors qu'ils s'installaient dans son grand bureau pour commencer leur réunion, il se mit à douter du bien-fondé de sa décision. Premièrement, il n'aurait jamais dû lui donner accès à cet espace, qui était à la fois le terrain de ses plus grands travaux et son sanctuaire. Deuxièmement, elle était terriblement distrayante. Plus que distrayante. Du coin de l'œil, il la voyait bouger dans la pièce pour capturer son profil sous différents angles, et soudain, il eut bien des difficultés à se concentrer.

Bien sûr, il était habitué à être photographié. Depuis son enfance, il avait supporté une infinité de portraits étudiés, où il se tenait rigide et austère, pour célébrer ses anniversaires ou les fêtes de fin d'année ; ou pire, des séances photo d'un cynisme sans nom, pendant lesquelles on avait scénarisé leurs poses pour publier les fresques « sur le vif » d'une famille heureuse. Cela faisait partie de la vie à la cour, mais il ne s'était jamais senti aussi exposé que dans la ligne de mire d'Emerald, avec ses clichés volés sans préparation.

Il lui avait déjà tant confié la veille... Il était écœuré, aujourd'hui, de lui en avoir tant dit sur lui-même. Leur conversation l'avait hanté toute la nuit. Était-ce parce qu'il avait remué de douloureux souvenirs, ou parce qu'il avait ressenti un bonheur indu à l'idée d'avoir été son seul amant ? Oh ! mais il avait lutté contre l'élan puissant de ses sens. Il avait opté pour un avertissement glacial au lieu d'une invitation brûlante. Il s'était puni lui-même, car l'absence d'Emerald l'avait torturé aussi sûrement que sa présence.

Ce matin, il s'était levé de mauvaise humeur, pulsant d'un désir frustré qu'il avait dû noyer sous une douche glacée et distraire avec une vertigineuse balade à cheval. Au moins, il ne s'était jamais senti si maître de lui-même : il était capable de lui résister, il l'avait montré, et sa frustration était la preuve d'un contrôle d'airain. Il ressortait de cette nouvelle force un plaisir douloureux et paradoxal.

— Quelle est votre opinion, Votre Majesté ?

L'intervention polie de Lorenc le ramena sur terre, et Kostandin, en levant les yeux, se trouva de nouveau sous les feux de l'appareil. Il se raidit mais s'efforça de contribuer à la conversation. La réunion s'éternisait. Il ne ressentit qu'un soulagement las lorsque les conseillers quittèrent enfin son bureau, guidés par

Lorenc, qui s'arrêta à la porte après leur départ, une main sur la poignée.

— Désirez-vous que je raccompagne Mlle Baker à sa suite, Votre Majesté ?

— Mlle Baker va rester, annonça Kostandin.

Une ride discrète creusa le front de Lorenc.

— Vous n'avez pas oublié votre rendez-vous avec le roi de Petrogoria dans quinze minutes, Votre Majesté ?

— Je ne risque pas d'oublier, puisque j'ai un pense-bête aussi bavard, rétorqua Kostandin avec impatience. Arrête donc de te tracasser et laisse-nous, tu veux ?

Lorenc s'inclina, obséquieux, et ferma la porte derrière lui.

Et voilà. Soudain, il était seul avec elle, seul comme il s'était langui de l'être pendant toute cette interminable réunion. Elle était plantée à l'autre bout de la pièce, son appareil dans les mains, et, malgré la sophistication de ses nouveaux vêtements, elle avait l'air presque réservé. Douce et simple – comme une poignée de marguerites jetée sur un lit d'herbe tendre. Pourtant, elle restait la femme la plus provocante qu'il ait jamais vue. Pourquoi réagissait-il si violemment à sa présence ? Pourquoi rêvait-il à toute heure, de poser de nouveau la bouche sur ses seins, pourquoi durcissait-il, à cet instant, à la simple vue de ses lèvres entrouvertes ? Une frustration dévastatrice l'envahit, et il lutta pour ne lui présenter qu'un sourire indifférent.

— Alors ? Tu as eu ce que tu voulais ?

— J'ai pu prendre plein de photos, si c'est ce que tu veux dire. Oh ! et merci pour l'appareil. Mais…

— Mais ?

— Est-ce que je peux être honnête avec toi ? hésita-t-elle.

— Pourquoi changer les bonnes habitudes ? railla-t-il.

— Si tu comptais sur cette session pour commencer une campagne de charme, je crois que tu vas droit dans le mur.

Il plissa les yeux, offensé.

— Qu'est-ce que tu veux dire, exactement ?

— Tu voulais adoucir ton image, non ? Tu as eu l'air sombre pendant toute la réunion. Je n'ai pas un seul portrait souriant. Tu as l'air sérieux à mourir.

— Nous sommes dans un environnement sérieux, Emerald.

— J'en ai bien conscience, mais... tu as tout de même l'air renfrogné. Tu l'étais avant que la réunion ne commence. On avait l'impression que tu aurais tout donné pour être ailleurs.

L'ironie de cette description ne lui échappa pas, et il émit un rire glacial.

— Tu m'insultes profondément, Emerald.

— Ce n'est pas mon intention. Je veux juste t'aider. Ma présence est inutile si nous ne sommes pas honnêtes l'un avec l'autre, pas vrai ? La situation est difficile, j'en conviens, mais marcher sur des œufs en ta présence sous prétexte que tu es roi ne fera que rendre les choses plus complexes.

Elle haussa les épaules et sembla chercher ses mots.

— Écoute, je sais que je ne te connaissais pas bien...

— Tu me connaissais assez, coupa-t-il.

— Eh bien, j'ai du mal à concilier l'homme que tu étais avec celui que tu es aujourd'hui. Tu étais plus... insouciant.

Insouciant ? Quel mot étrange... Elle n'avait pas tort, pourtant. Six ans plus tôt, il était encore persuadé d'être libre. Il hocha la tête.

— J'ai beaucoup changé, depuis.

— Pourquoi ? Qu'est-ce qui t'a rendu si sévère ? Est-ce seulement le poids de la couronne ?

Il fronça les sourcils. Elle approcha lentement et posa l'appareil sur le bureau. Il aurait préféré se cacher derrière le vernis du protocole royal, l'invectiver pour son insubordination et son audace. Toutefois, si elle devenait sa femme, il devait être capable de lui dire la vérité, même lorsque celle-ci était désagréable. Il avait besoin d'Alek, plus que tout. Si Alek n'existait pas, elle ne serait pas ici.

Et lui non plus.

— Ce que je vais te confier doit rester entre nous.

— Bien sûr. Kostandin, tu peux me faire confiance, tu le sais.

Sa voix était pleine de douceur, mais une vie de mensonges et d'hypocrisie avait aiguisé la méfiance de Kostandin. Il grimaça.

— Je ne fais confiance à personne.

— Si tu espères me convaincre de déraciner ma vie pour venir vivre ici avec mon fils, il va falloir que tu essayes.

— C'est un ultimatum ?

— Non, c'est un fait.

Il la foudroya du regard, mais elle le soutint sans fléchir, ses yeux verts brillant d'une curiosité tranquille. Il se leva brutalement et s'arrêta devant la fenêtre, soulagé de lui tourner le dos pour rassembler ses esprits. Au-dehors, la roseraie exhibait sa beauté domptée, un symbole de tout ce qu'il avait accompli. Il inspira profondément. Lorsqu'il pivota de nouveau, Emerald s'était installée dans un fauteuil de velours. En théorie, ses invités devaient attendre sa permission pour s'asseoir ; il retint sa remarque cinglante in extremis. Il utilisait le protocole comme une arme, même s'il savait que ces consignes n'étaient pas raisonnables. Quelle ironie, qu'il se soit si rapidement habitué aux exigences ridicules de règles qu'il détestait lui-même...

— Quand je suis devenu roi, j'ai découvert que la situation à Sofnantis était loin d'être aussi rose qu'elle avait paru l'être lorsque j'étais adolescent. Ce paradis idyllique était sur le point de s'affaisser après des décennies de fraude.

— De fraude ? s'étonna-t-elle.

— Des malversations de grande envergure, d'abord de la part de mon père, puis de mon frère, qui utilisaient les réserves du pays comme leur compte en banque personnel. Mon père, dans l'espoir de regagner l'affection de ma mère – en vain, bien sûr. Et mon frère parce qu'il était accro.

Il s'interrompit. Il attendait des marques de choc et de jugement, mais le visage d'Emerald resta parfaitement neutre.

— Accro à quoi ? demanda-t-elle doucement.

— Aux jeux. À la drogue. À l'alcool. Choisis.

Elle absorba l'information et hocha la tête.

— Il a pu aller en centre de réhabilitation ?

— Non, Emerald. Il ne voulait pas aller mieux, il voulait aller plus loin, toujours plus loin, marmonna-t-il, amer. Même si cela signifiait vider les caisses du pays. Quand Visar est mort, la dette nationale était absolument astronomique, et Sofnantis était entrée dans une période de récession dramatique. J'ai utilisé une partie de ma propre fortune pour développer les mines de lithium qui ont sauvé notre pays, et j'ai travaillé sans relâche pendant six ans pour tenter de corriger tous les dommages que mes prédécesseurs ont entraînés. Peut-être ai-je acquis un peu d'austérité en chemin. Il est certain que j'y ai perdu mon insouciance.

Emerald hocha la tête. Dans ses yeux d'émeraude, il ne trouva que de la sympathie.

— Mais tu dois bien baisser ta garde de temps en temps ? souffla-t-elle enfin.

Il songea à cette nuit passée dans ses bras, sur le sol de l'ambassade, cette nuit de fièvre et d'impatience, lorsqu'il avait cru que le monde lui appartenait de nouveau… Avant qu'elle ne brise tous ses rêves avec une poignée de mots. Il en était ressorti plus vulnérable, plus agressif. Il se demandait comment il était possible d'aimer et de craindre à la fois une seule et même chose.

— Rarement, répondit-il d'un ton sec. Un bon roi doit être fort. Incarner une figure de pouvoir et de résilience.

— C'est un standard bien punitif.

— Et alors ?

— Alors, n'oublie pas, dit-elle doucement. Un bon père ne peut pas toujours être sévère, car ce serait bien effrayant pour son fils.

Il fronça les sourcils. Il n'avait pas encore eu le luxe de songer à cette perspective-ci, et un élan d'agacement manqua de lui arracha une riposte agressive ; mais sa voix mourut dans sa gorge lorsqu'un rayon de soleil tomba sur elle, illuminant ses cheveux comme une cascade d'or liquide.

— Qu'est-ce que tu fais pour te détendre ? demanda-t-elle.

Il cligna des yeux. Le concept de détente lui était si étranger qu'il peina à répondre.

— Je fais du cheval, conclut-il après un long moment de réflexion. Nous avons de très belles écuries et de magnifiques étalons, au palais.

— Peut-être que je pourrais venir te regarder monter ? proposa-t-elle. Pour te prendre en photo. Capturer ce sourire si rare que tu ne montres plus beaucoup.

Kostandin leva le menton, les dents serrées. Encore une fois, elle le fixait avec ces yeux trop intenses, trop scrutateurs. Elle le tentait de son sourire amusé, de sa voix taquine, et il brûlait de traverser la pièce pour la prendre dans ses bras. Il désirait sentir son corps sous le sien. De s'abandonner au creux de sa chaleur étroite, de la posséder, encore et encore.

Cependant, il ne céderait pas à la tentation, pas avant qu'il ne l'ait choisi, non pas sous les injonctions de son corps, mais en obéissant à celles de son esprit. Pas avant qu'elle n'ait accepté de l'épouser, ni avant qu'Alek ne soit arrivé à Sofnantis. Si elle voulait partager son lit, elle devrait entrer dans la négociation et en payer le prix. Elle apprendrait, à ses dépens, qu'il ne la laisserait pas le manipuler. Il aimait repousser ses propres limites : résister à son charme dévastateur était un challenge de haut niveau. Dans un monde où tout conspirait à le piéger, son self-control avait toujours été son meilleur allié.

Et pourtant, pourtant – même à cet instant –, l'atmosphère était électrique, habitée par la faim qu'ils avaient l'un de l'autre. La poitrine d'Emerald dansait sur le rythme hypnotique de son souffle trop court. Il détourna brutalement le regard.

— Bien sûr que tu peux venir me voir monter, lança-t-il avec une indifférence étudiée. Je t'enverrai un message quand j'irai aux écuries.

Il évita soigneusement de l'observer et, malgré cela, à la périphérie de sa vision, il restait conscient du mouvement hypnotique de ses cheveux lorsqu'elle hochait la tête, de leur ruissellement sur la courbe tendre de ses seins...

Il revint à son bureau à grands pas : il avait à faire.

— Maintenant, si tu n'as pas d'autres requêtes, je dois voir le roi de Petrogoria. C'est un homme très pudique et il ne verrait pas d'un bon œil la présence d'une photographe.

— Bien sûr, répondit-elle avec raideur. Je ne voudrais pas m'imposer.

Elle avait déjà la main sur la poignée de la porte lorsqu'il reprit la parole.

— Emerald ?

Elle se figea, comme une biche dans la ligne de mire d'un chasseur.

— Oui ?

— Vas-tu parler à Alek ?

— Bien sûr. Je l'appelle tous les soirs après l'école.

— Dis-lui...

Les mots lui échappèrent. Il ignorait comment continuer. Comment parler à un enfant avec tendresse. Il ne savait parler avec tendresse à personne.

— Dis-lui bonjour de ma part, conclut-il d'une voix dure.

11

Elle le voyait de loin – rapide, sombre et fluide.

Dans les ombres des écuries, Emerald ne pouvait détacher son regard de Kostandin. Bien sûr, il montait un magnifique étalon noir, dont la puissance semblait n'avoir d'égale que la sienne. Dans la lumière enflammée de l'aurore, les cheveux ébène du roi étaient teintés de pourpre, et son pantalon d'équitation soulignait ses longues jambes musclées. La gifle du vent gonflait parfois sa chemise lâche, puis révélait le relief de son torse... Parfois, Kostandin dépassait vraiment tous les fantasmes.

En était-il conscient ? Il semblait jouer de la tentation qu'il représentait, ces jours-ci. Il l'autorisait à contempler son pouvoir, son magnétisme, et les responsabilités du trône, mais jamais son vrai visage, celui qu'il cachait sous le poids de la couronne. Elle l'avait suivi alors qu'il inaugurait un nouvel hôpital pédiatrique, et son cœur s'était fissuré de le voir porter un bébé dans ses bras. Elle lui avait emboîté le pas au déjeuner, au dîner, alors qu'il partageait sa table avec des ambassadeurs et des responsables politiques venus des quatre coins du monde. Elle était devenue son spectre, hantant les recoins des luxueuses pièces du palais, une femme que personne ne savait exactement comment traiter.

Pourtant, derrière la façade du roi, il y avait un homme au passé sombre, à la famille écartelée. Un homme qui avait dû épouser une princesse dont il n'avait pas été amoureux pour la sauver d'un père tyrannique. Malgré tout son pouvoir, sa vie entière semblait avoir été contrôlée par des forces plus impérieuses que lui-même.

Elle se souvenait de l'expression qu'elle avait surprise sur son visage, lorsqu'il lui avait demandé de passer le bonjour à Alek, quelques jours plus tôt. Cette angoisse soudaine, comme s'il s'était senti… perdu. Inadéquat. S'il ne l'avait pas congédiée, à ce moment-là, aurait-elle trouvé le courage de le réconforter ? De l'étreindre, peut-être, comme elle l'avait tant désiré ?

Elle secoua la tête. Le soleil matinal avait commencé son ascension dans le ciel bleu, maintenant, et baignait la cour des écuries d'une riche lumière. La brise était déjà douce et chaude. Sous ses yeux, Kostandin négociait brillamment la course d'obstacles, et elle s'abandonna à la beauté de sa monte, oubliant un moment son rôle de photographe.

Quand elle leva enfin son appareil, il fit ralentir sa monture et s'autorisa un tour de piste au trot avant de cavaler dans sa direction. Peut-être qu'un éclat de soleil, reflété par l'objectif, l'avait alerté de la présence d'Emerald ; peut-être l'avait-il observée du coin de l'œil pendant tout ce temps. Quoi qu'il en soit, elle était heureuse de devoir le photographier, et que ses mains tremblantes puissent se stabiliser sur son appareil-photo. Pour la première fois depuis qu'elle avait commencé à faire de la photographie, elle s'était aperçue des privilèges que lui conférait un objectif : en tant que photographe, elle avait un droit inné au voyeurisme et pouvait s'adonner à la contemplation sans honte et sans représailles. Observer Kostandin sous toutes les coutures était un plaisir qu'elle ne pouvait pas nier. Elle activa le zoom pour se concentrer sur son visage, puis captura un portrait de ses traits ciselés et magnétiques. Son nez patricien, sa bouche sensuelle. Ses pommettes hautes et l'angle dur de sa mâchoire, ce matin assombrie par une barbe naissante. Ses cheveux de jais, humides de rosée, sauvages dans la caresse du vent. Dans sa ligne d'observation, il s'arrêta avec grâce, bondit à terre, et tapota chaleureusement le cou de son cheval avant qu'une palefrenière n'apparaisse pour emmener la monture vers les box.

— Emerald, dit-il en retirant ses gants. Quelle surprise.

— Tu m'as dit que tu montais tôt le matin et que tu m'enverrais un message, tu te souviens ? soupira-t-elle. Comme tu ne m'as pas prévenue, j'ai pris les choses en main. J'ai le sommeil léger, tu sais. Je t'ai entendu passer devant ma porte.

— J'ai été très discret, pourtant.

— Oui, et je ne dors que d'une oreille depuis qu'Alek est bébé. Il souffrait souvent de coliques quand il était tout petit, et je cherchais toujours à l'écouter...

Elle s'interrompit. L'anecdote lui avait échappé. Cependant, un sentiment plus profond la torturait : sa propre culpabilité. Elle avait volé ces souvenirs-là à Kostandin. Les difficultés et les joies de la petite enfance. À le voir, l'autre jour, avec ce bébé dans les bras... La peine l'avait saisie à la gorge. En partageant ces histoires, elle lui offrait ses excuses tacites.

Il l'observait avec attention. Elle eut peur, soudain, qu'il se détourne et l'abandonne, qu'il rejette cette tentative de connexion, l'intimité qu'ils partageaient à travers Alek. À la place, il s'enquit :

— Il te manque ?

— Bien sûr, murmura-t-elle. Il me manque à mourir. C'est étrange de ne pas pouvoir le serrer dans mes bras, de ne communiquer que par téléphone.

Il hocha la tête.

— Raconte-moi, dit-il soudain, d'une voix pourtant dénuée de son autorité implacable. Ses premières années.

Une bouffée d'espoir monta en elle. Kostandin n'avait jamais posé une telle question. C'était un pas en avant, et elle savait que sa réponse était aussi importante que la question posée. Avec précaution, elle commença par un avertissement :

— S'occuper d'un nouveau-né est toujours difficile...

— Tu essayes de ménager mes sentiments ? railla-t-il.

— Non. C'est la vérité. M'ajuster à ma nouvelle vie a été un énorme défi. Mais j'ai eu de la chance, ma mère a été à mes côtés pendant deux ans. Malheureusement, alors qu'elle s'apprêtait à profiter de sa retraite et de notre petite famille, elle est tombée malade et elle est morte.

Elle ravala ses larmes et s'éclaircit la gorge. Le deuil avait été terrible. Et elle ne pouvait parler d'une autre souffrance : celle de contempler dans le visage d'Alek celui d'un homme qu'elle n'était jamais censée revoir.

Un homme qui, aujourd'hui, était debout face à elle, visiblement ébranlé par un sentiment qu'elle ne parvenait pas à déchiffrer. Elle lui offrit un pauvre sourire.

— Ma sœur, Ruby, a été mon plus grand soutien. Nous n'avions pas beaucoup d'argent, mais on a fait ce qu'on a pu.

— Tu aurais dû me contacter, marmonna-t-il.

— Même si tu étais marié ?

— Oui, même si j'étais marié.

— J'avais peur, Kostandin.

— De moi ? demanda-t-il, incrédule.

— De la situation. Ma mère s'est retrouvée enceinte d'un homme marié, tu sais. Et, avant notre naissance, il a tout fait pour qu'elle... pour qu'elle...

— Tu crois que j'aurais fait la même chose ? Que j'aurais tenté de faire pression sur toi, même si tu voulais garder notre enfant ?

— J'espérais que non, mais tu comprends que je ne pouvais pas en être sûre, n'est-ce pas ? Tu es un homme très puissant, Kostandin. Une personne comme moi ne peut même pas quantifier le genre de pouvoir que tu possèdes.

Pendant un instant, il sembla vouloir la contredire, mais les mots ne passèrent pas ses lèvres. Au contraire, après un instant d'hésitation, il leva une main tendre pour caresser sa joue.

— Tu aurais dû me contacter, souffla-t-il de nouveau.

Son murmure lui brisa le cœur. Toutes ces années perdues, gâchées. Toutes ces années pendant lesquelles Alek et lui avaient été séparés. La trouvait-il égoïste, de les avoir privés l'un de l'autre ainsi, simplement pour protéger son propre cœur ? Non... Dans ses beaux yeux de saphir, elle ne voyait pas de jugement, mais seulement la flamme de sa passion.

Elle aurait tout donné, à cet instant, pour qu'il l'embrasse. Pour qu'il la touche. Pour qu'il l'étreigne.

Comme s'il avait lu dans ses pensées, il la saisit soudain dans ses bras pour la faire reculer contre des ballots de foin. Il ne l'embrassa pas immédiatement : pendant une seconde suspendue, il la dévora des yeux, avec une intensité qui lui coupa le souffle. Puis il captura ses lèvres, et elle perçut dans le désespoir de son baiser la même frustration que la sienne. Les mains fébriles d'Emerald cherchèrent immédiatement l'ourlet de sa chemise humide pour la délivrer de son pantalon d'équitation et enfin toucher sa chair nue. Contre sa bouche, il laissa échapper un gémissement de convoitise, puis un autre lorsqu'elle pinça son téton, exaltée de le sentir réagir si passionnément.

— Emerald, grogna-t-il en la pressant contre lui.

Elle sentait la tempête de son pouls sous sa paume, la dureté de son érection contre sa cuisse ; elle laissa échapper un soupir de plaisir, électrifiée par le désir qu'il avait d'elle.

— Est-ce que tu sens le pouvoir que tu as sur moi ?

— Pas sûr..., taquina-t-elle.

Pour la punir, il la saisit par les hanches et la cala contre lui. Son sourire s'évanouit, remplacé par une exclamation avide.

— Oui, supplia-t-elle d'une voix tremblante. Oui.

Avec un petit rire triomphant, il s'abaissa pour faire pleuvoir des baisers sur son cou et déboutonner sa chemise. L'air chaud du petit matin caressa sa poitrine dénudée, déjà tendue contre le satin de son nouveau soutien-gorge.

— Et qu'est-ce que c'est que cela ? murmura-t-il en titillant de ses dents cruelles un téton encore couvert.

Elle ne pouvait articuler de réponse sensée, pas lorsqu'il l'enflammait ainsi. À la place, elle aida sa main chaude à ouvrir son jean pour s'insérer entre ses cuisses, où le désir pulsait déjà, brûlant et humide. Allait-il la mener derrière les ballots de foin ? Lui proposer, dans un halètement, de repartir au palais pour s'abandonner l'un à l'autre dans un environnement plus approprié ?

Elle le suivrait où il voulait. Il la caressa fébrilement, et elle gémissait d'extase lorsqu'il se figea brusquement.

Il lui retira sa main.

— Non, souffla-t-il.

— Non ? répéta-t-elle, perplexe.

— Pas ici, Emerald. Et certainement pas maintenant.

Il s'éclaircit la gorge et recula de quelques pas pour reprendre contenance. Avec des gestes vifs et efficaces, il rabaissa sa chemise, et releva le menton.

— Le roi de Sofnantis ne sera pas pris en flagrant délit d'exhibitionnisme dans les écuries du palais, surtout avec...

— Une simple petite hôtesse de vestiaire ? finit-elle dans un sifflement de fureur.

— ... avec une femme qui n'est pas son épouse !

Elle serra les dents, puis les mains ; ses cuisses étaient encore tremblantes de désir.

— C'est comme ça que tu veux me pousser à t'épouser ? En me frustrant pour que j'accepte tout ce que tu veux ?

— Je suis simplement factuel. Tu n'as pas besoin d'être experte en protocole royal pour comprendre combien la situation serait considérée comme inappropriée si nous étions découverts par les palefreniers, Emerald. Réfléchis : tu n'as pas vraiment de statut ici ! Tu es juste une Anglaise engagée pour une mission inutile !

— Ce n'est pas inutile ! C'est la réalité ! s'exclama-t-elle, offensée. Je suis très fière des photos que j'ai prises ! Même si tu as l'air complètement déprimé sur quatre-vingt-dix pour cent d'entre elles, soit dit en passant.

Comme pour la contredire, il se fendit d'un demi-sourire.

— Si tu étais ma fiancée, ta position changerait. Tu gagnerais immédiatement une respectabilité durable. Et tu pourrais faire tout ce que tu veux.

— Tu essayes de me manipuler ! cria-t-elle. Je te l'ai déjà dit, je n'accepterai rien tant que je ne suis pas certaine de ma décision.

— Tu veux juste profiter du pouvoir que tu as sur moi en me faisant attendre, n'est-ce pas ? siffla-t-il.

— Quoi ? Tu plaisantes ? Ce n'est pas particulièrement agréable pour moi d'être dans cet état d'ambivalence ! Mais peut-être que ça te fait du bien, un peu, d'attendre, Kostandin. J'imagine que ça ne t'est pas souvent arrivé.

— Et toi, qu'est-ce que tu attends pour prendre ta décision, Emerald ? défia-t-il, le regard étincelant de colère.

— Je recueille les informations dont j'ai besoin, c'est tout.

Il pinça les lèvres. Elle mentait, bien sûr. Elle attendait autre chose, elle en était bien consciente. Cependant, il ne pouvait pas nier le bien-fondé de son pragmatisme, et sur son visage, elle surprit un éclair de respect réticent.

Il finit par hausser les épaules.

— On m'attend sur la péninsule sud ce matin. J'imagine que tu viens avec moi ?

— Lorenc m'a dit qu'il ne savait pas s'il y aurait la place.

— Oh ! c'est le cas.

Malgré la frustration qui la tourmentait encore, Emerald passa une bien meilleure journée que prévu, en grande partie parce que Kostandin, pour une fois, demanda à ses assistants et à son service de sécurité de garder leur distance.

Emerald tenta tant bien que mal de dissimuler l'exaltation que lui inspira le voyage dans l'hélicoptère royal, piloté par le roi lui-même, plus irrésistible que jamais aux commandes d'un engin en plein vol. Elle observa aussi avec intérêt la réaction de la foule après leur atterrissage, cette marée humaine qui accueillait le roi avec un immense engouement. Jessica ne lui avait pas menti : le pays adorait Kostandin, malgré sa sévérité. Parmi eux, il bougeait avec grâce et énergie. Elle aurait aimé qu'Alek soit là pour le voir. Il aurait été si fier de son père, de la générosité que le peuple reconnaissait dans une vague d'applaudissements. Pourtant, elle était inquiète de cette conviction : bien sûr que son petit garçon serait émerveillé par tout ceci, mais elle ne pouvait pas pour autant laisser le vernis scintillant du protocole royal aveugler Alek face à la réalité, à la substance de la vie.

De retour dans le cockpit, avant de mettre son casque audio, Kostandin déclara :

— Allons déjeuner dans ma résidence d'été.

— Tu essayes de m'impressionner en me faisant visiter ton portfolio immobilier ?

Il lui jeta un sourire amusé.

— Crois-moi, ça vaut le coup d'œil, promit-il doucement.

Et il ne mentait pas : dans un écrin d'immenses jardins luxuriants, une magnifique villa blanche brillait sous le soleil, à l'extrême pointe de la péninsule, au creux d'une baie qui la protégeait des vents côtiers. Avant d'atterrir, Kostandin plana un moment au-dessus du domaine pour qu'elle profite de la vue. À cette hauteur, elle aperçut l'éclat argenté d'une plage privée, une jolie dépendance au sommet d'une crique, une vaste piscine aux lueurs turquoise, et deux terrains de tennis.

À l'ombre d'une marquise couverte de lierre, sur la terrasse, les domestiques de la villa leur servirent un déjeuner délicieux.

Après avoir savouré des figues juteuses, du fromage de chèvre, d'exquises salades et un vin primé de Sofnantis, Emerald se laissa aller contre le dossier de sa chaise et poussa un soupir de bien-être, le regard jeté vers la mer.

— J'aurais dû prendre mon maillot de bain...

Kostandin pinça les lèvres. Maudit soit son esprit, conjurant déjà les images érotiques du corps d'Emerald seulement vêtu d'un bikini. Il connaissait une crique cachée où ils auraient pu nager nus dans les eaux transparentes et sécher au soleil sur de grands rochers ronds, élimés par des siècles de ressac. Lorsqu'il était adolescent, pour fuir les tensions du palais, il y avait passé des journées entières pour tuer le temps avant que le lycée ne reprenne ; toujours aux côtés d'une fille différente, avec lesquelles le sexe lui semblait, maintenant, purement technique, purement automatique.

Il avait bien changé, depuis. Il aurait été si simple d'emmener Emerald jusqu'à la crique, de se déshabiller avec elle, de glisser dans l'eau soyeuse... De se joindre enfin, au creux des vagues, avec cette extase indicible qu'il retrouvait toujours dans ses bras. Mais c'était impossible.

L'abstinence, dans cette étrange bataille, était sa seule arme. Elle pouvait bien le traiter de manipulateur : il savait qu'il était simplement pragmatique, face à une femme qui s'avérait particulièrement têtue.

— Malheureusement, il faut bientôt rentrer au palais. J'ai encore du travail avant la réception de ce soir.

Après leur retour, Emerald se rafraîchit dans la piscine qui jouxtait sa suite, puis passa un coup de téléphone à Alek. Ils discutèrent de sa journée – un de ses amis s'était cassé une dent dans la cour de récré, et tata Ruby faisait des cupcakes pour le thé. Mais une question la prit au dépourvu :

— Le monsieur va bien, maman ? Le monsieur roi ?

Emerald cligna des yeux. Elle avait préféré croire que son fils avait déjà oublié l'inconnu mystérieux qui leur avait rendu visite... Elle s'était fourvoyée, et aucune réponse adéquate ne lui venait à l'esprit. Qu'aurait-elle bien pu dire à un enfant ? Qu'elle était perdue, qu'elle avait des sentiments profonds et complexes pour Kostandin et ne savait absolument pas ce qu'il pensait d'elle ? Qu'elle lisait en lui une distance et une fièvre égales ? Qu'elle avait l'impression d'être prise au piège dans un jeu dont elle ne connaissait pas toutes les règles ?

Elle secoua la tête.

— Il va très bien, merci, chéri. Il est très occupé, en tant que roi. Les rois ont beaucoup de travail. Il protège son pays. Aujourd'hui, il m'a emmenée dans son hélicoptère...

— Dans son hélicoptère ?!

Sa voix vibrait d'admiration. Elle aurait dû s'en douter...

— Et nous sommes allés dans sa maison d'été, reprit-elle à la hâte. C'était très joli.

— Pourquoi c'est une maison d'été ? Elle est à la mer ?

— Oui, tout près de la plage. Je t'enverrai une photo.

— Et il joue au foot ?

— Au foot ?

La question, sortie de nulle part, la laissa un peu perplexe, jusqu'à ce qu'elle se souvienne de leur partie de ballon, sur la plage, quelques semaines plus tôt ; de leurs têtes sombres, de leurs sourires identiques, dans une scène de la vie quotidienne si ordinaire qu'elle lui avait semblé sortir d'un rêve.

Oh ! comme elle aurait aimé retourner là-bas, loin du glamour et des faux-semblants. Comme elle aurait aimé que Kostandin ne soit pas roi, mais juste un homme ordinaire, un homme qui aurait pu trouver le bonheur dans la simplicité. Ah... Réécrire l'histoire ne servait à rien.

— Quand est-ce que tu rentres, maman ?

Sa petite voix lui serra le cœur. Il était si jeune. Si vulnérable, sans elle à ses côtés. Elle avait cru que venir à Sofnantis sans lui était la meilleure façon de le protéger contre l'influence du roi, mais avait-elle songé à ce que cette séparation voulait dire, pour elle, pour Alek ? Pour Kostandin, aussi ? Qui était-elle, pour lui refuser l'accès à son fils alors qu'il avait montré qu'il ne lui voulait aucun mal ?

Elle devait regarder la réalité en face. Si elle n'épousait pas Kostandin, elle devrait passer de longues périodes sans son petit garçon. Alek serait proclamé héritier de la couronne et apprendrait à vivre comme un prince. Sa vie en Angleterre lui semblerait bien maussade, par rapport au monde scintillant de la cour, rempli d'aventures, de trônes, de chevaux et d'hélicoptères. Il était tout à fait possible qu'elle soit mise de côté par la force des choses ; une femme sans importance, reléguée aux ombres lointaines de son humble situation.

Pouvait-elle vraiment prendre ce risque ? Pouvait-elle supporter une existence entière de conversations volées au téléphone ou entre deux limousines ? Si elle épousait Kostandin, elle devrait accepter les termes impitoyables de leur contrat, un mariage avec une date de péremption. C'était le choix le plus sûr, pour eux trois. Alors pourquoi rechignait-elle tant à l'envisager ?

— Je reviens à la fin de la semaine, mon chéri.

Après avoir raccroché, elle songea au comportement de Kostandin. Elle n'avait accès à lui que de façon limitée : quelques miettes, ici et là, assez pour aiguiser l'appétit qu'elle avait de lui, mais trop peu pour le satisfaire. Il l'avait embrassée passionnément dans les écuries ; il l'avait rejetée aussitôt. Pourquoi, alors que son désir avait été aussi évident que le sien ? Était-il motivé par un besoin de contrôle total ? Par la peur d'être manipulé ? Luljeta lui manquait-elle ? Il ne mentionnait jamais sa première reine ; Emerald ne connaissait d'elle que l'admiration que Jessica avait exprimée, lors de leur séance shopping. Comment pouvait-elle espérer marcher dans le sillage d'une femme née à la cour, une femme que les magazines avaient adoré encenser sur leurs couvertures ?

Quoi qu'il en soit, elle ne pourrait jamais prendre une décision informée ou faire avancer sa relation avec Kostandin dans la bonne direction si elle continuait de lui laisser dicter tous les termes. Elle avait protesté, certes, mais elle l'avait aussi autorisé à la convoquer, à la congédier. Elle avait perdu ce pied d'égalité qu'elle avait tant apprécié en sa présence, même lorsqu'elle n'était que son hôtesse, au Colonnade Club.

Elle glissa dans l'ordinateur la carte mémoire de son appareil-photo pour passer en revue les photos des derniers jours. Kostandin le souverain, le port hautain au milieu de ses conseillers. Kostandin le cavalier, à cheval sur son fier étalon. Et Kostandin, l'homme, traversant la foule en adoration, et leur offrant un de ces rares sourires qui transformaient son visage implacable en une vision indicible de beauté.

Elle secoua la tête et abaissa l'écran de l'ordinateur, le cœur battant. Son avenir dépendait d'elle : était-elle prête à s'affirmer ? Était-elle prête à admettre ce qu'elle voulait ?

Oh ! et que voulait-elle, si ce n'était lui, simplement lui ?

Pas le souverain, mais l'homme : le vrai visage sous la couronne.

Elle jeta un œil vers la penderie ouverte, dans laquelle luisait la soie crème de la robe que Jessica lui avait choisie. Ce soir, à la réception, elle prendrait son courage à deux mains et elle porterait cette parure qui l'avait tant effrayée ; elle marcherait parmi les puissants, et elle s'affirmerait enfin.

12

Kostandin avait l'habitude d'être au centre de l'attention. Son statut lui conférait un rayonnement indéniable, bien sûr, mais il n'était pas assez hypocrite pour nier que ses attributs physiques, eux aussi, attiraient les regards. Et, quoi qu'il ait bien souvent rêvé de pouvoir se rendre invisible, il se trouvait ce soir profondément irrité de l'être.

Emerald venait de faire son entrée dans la salle de bal – en retard, évidemment –, une main insouciante sur son appareil-photo, l'autre sur un petit sac scintillant ; et la meute des dignitaires la contemplaient tous comme si une étoile d'or venait de tomber du ciel. Kostandin se raidit. Comment osait-elle être en retard en sa présence... Et que portait-elle, pour l'amour du ciel ?

Son pouls battait à ses tempes, échauffé par un séisme primitif. Les yeux rivés sur elle, il comprit confusément qu'il faisait face, ce soir, à une inconnue sophistiquée et assurée.

La robe n'était pas particulièrement dénudée. La jupe, qui touchait le sol, était presque modeste et ne révélait qu'occasionnellement l'éclat d'un escarpin de satin. Mais l'étoffe pâle glissait sur ses formes généreuses comme de l'eau, et la cascade de ses cheveux ruisselait dans son dos à l'instar d'une source d'or liquide. Elle était aveuglante de beauté. Encore et encore, le regard de Kostandin revenait vers elle, irrésistiblement attiré par sa splendeur ; il était submergé d'un désir bien incompatible avec la sphère publique.

Lorsqu'il croisa son regard, il arqua un sourcil pour lui ordonner silencieusement de le rejoindre. À son grand dam, elle se contenta de lui renvoyer un adorable sourire, puis leva l'appareil-photo pour capturer son visage, qui ne manqua pas de se renfrogner sous l'attention de l'objectif. Mais c'était exactement pour cela qu'il l'avait conviée à la soirée, alors comment aurait-il pu la réprimander ? Délibérément, il se détourna, la bouche pincée d'agacement. Qu'elle photographie donc son dos ! Si elle voulait d'autres plans de son visage, elle devrait se déplacer pour lui en demander expressément la permission !

Mais elle ne vint pas le trouver, et il dut endurer une conversation interminable avec le nouvel ambassadeur de Khayarzah. Une princesse d'un pays voisin les interrompit (un écart au protocole impardonnable) pour se présenter et lui suggérer de lui faire visiter le palais, mais la réponse laconique de Kostandin ne laissa aucune place à l'ambiguïté.

La soirée s'éternisait, bien sûr. Les invités gravitaient autour de lui, avides de lui serrer la main ou de s'attirer un mot bienveillant. Et Emerald ne rejoignait toujours pas leurs rangs. Finalement, il s'autorisa à pivoter pour la chercher du regard, avec le sentiment piteux d'avoir perdu une bataille en capitulant ainsi. Il ne s'attendait pas au trébuchement douloureux de son cœur lorsqu'il ne parvint pas à la repérer. Était-elle déjà partie ? Avait-elle quitté la réception avant le monarque lui-même, sans aucun respect pour les règles qu'il lui avait répétées sans cesse ?

Non : finalement, il la repéra au-delà des portes-fenêtres, sur la grande terrasse : une silhouette pâle sur un fond de végétation luxuriante, une image éthérée, tout droit sortie d'une tapisserie. Il inspira profondément, le cœur douloureux.

— Assure-toi qu'on ne me dérange pas, ordonna-t-il à Lorenc, qui, bien sûr, n'était jamais loin.

— Certainement, Votre Majesté.

Il traversa la salle de réception à grands pas. Lorsqu'il déboucha sur la terrasse, le parfum capiteux des fleurs le saisit de plein fouet et aiguisa ses sens affamés. Elle était dos à lui, en une vision toute de courbes satinées, occupée à photographier les roses dans la lumière mourante du jour, absorbée par son travail. Quelques autres invités étaient sortis prendre l'air, riant dans le crépuscule tiède, munis de coupes de champagne. À son arrivée, ils s'empressèrent de s'éclipser.

Enfin, il était seul avec elle ; aussi seul qu'il pouvait l'être, alors que deux cents personnes poursuivaient les festivités dans la pièce adjacente. Son cœur battait la chamade, et il était aussi excité qu'un adolescent. Par-dessus tout, il était submergé par une pulsion dévastatrice, un sentiment dont il ne comprenait ni le sens, ni l'intensité.

— Emerald, dit-il d'un ton brusque.

Elle pivota lentement.

— Bonsoir, Votre Majesté.

Elle effectua une profonde révérence, qui, sous ses yeux, se transforma en une forme de tourmente exquise qu'il n'avait jamais envisagée auparavant. Oh ! les femmes avaient exhibé leur corps pour lui des centaines de fois ; pourquoi n'avait-il jamais ressenti une telle souffrance lorsqu'elles s'étaient inclinées devant lui ?

— Relève-toi, grogna-t-il, agacé de lui-même.

Il avait espéré que sa voix, abrasive, aurait adouci son propre sentiment d'impuissance ; en vain.

— Qu'est-ce que tu fais ici, toute seule ?

Elle se redressa, avec sur le visage cette nouvelle force, une détermination qu'il n'y avait jamais vue, et qui ne faisait que souligner sa beauté pure.

— La lumière des jardins est si belle que je n'ai pas pu m'empêcher de vouloir la photographier, répondit-elle en ignorant son ton belliqueux. J'ai de très beaux clichés des roses, avec la statue en second plan. Tu veux les voir ?

— Je me fiche de tes photos, Emerald. Pourquoi n'es-tu pas venue me saluer à ton arrivée ?

— Parce que tu me foudroyais du regard.

— Et... ?

— Et tu continues de me foudroyer du regard. De toute évidence, je ne suis jamais à la hauteur de tes attentes. Je n'avais pas envie de l'entendre dire encore une fois.

Il fronça les sourcils, perplexe, incapable de verbaliser sa frustration, piégé dans une situation qu'il ne parvenait pas à contrôler et qu'il voulait fuir. Elle en était la cause ; n'était-il donc pas tout naturel de se retourner contre elle ? Pourtant, face à lui, elle restait calme et attentive, son corps sublime l'appelant comme un phare dans la tourmente. Pourquoi prolonger l'inévitable ? Pourquoi gâcher cette soirée avec des vérités amères, pourquoi risquer de la faire fuir ?

Il pinça les lèvres, la gorge nouée. Trop souvent, il avait ignoré le désir qu'il lisait dans ses yeux verts, dans l'espoir de maîtriser ce qu'il ressentait en sa présence. Pourtant, à qui bénéficiait vraiment cette abstinence ? À ce stade, il avait bien démontré, à lui, à elle, à tous, qu'il n'avait pas vraiment besoin d'elle, n'est-ce pas ?

— Est-ce que tu as choisi de porter cette robe, ce soir, parce que tu savais que tous les hommes de la pièce te dévoreraient des yeux ?

Emerald haussa les sourcils. Oh ! quel idiot. Ne comprenait-il pas que son corps ne brûlait que pour lui ? Qu'elle était embrasée par un seul de ses regards, tant et si bien que son œillade furieuse avait suffi à la faire fuir au-dehors pour trouver refuge à l'air frais, dans l'espoir d'éventer sa fièvre ?

— Je ne veux sur moi que le regard d'un seul homme.

Les yeux saphir étincelèrent.

— Eh bien, ton vœu est exaucé, car me voilà. Est-ce que cela veut dire que tu vas m'épouser ?

— Tu vas vite en besogne, Kostandin. Je n'ai pas décidé.

— Pour l'amour du ciel, comment puis-je faire accélérer le processus décisionnel ?

— Tu pourrais cesser de me repousser.

— Je t'ai déjà expliqué mes raisons…

— Dans ce cas, nous sommes coincés, coupa-t-elle sans pitié. Il n'y a rien d'autre à dire, pas vrai ?

Il la fixa avec ce mélange d'impatience et d'incrédulité qu'elle semblait souvent provoquer chez lui, puis, finalement, il poussa un soupir résigné.

— Très bien, Emerald. Tu as gagné.

— J'ai gagné ? Nous ne sommes pas en guerre, Kostandin.

— Bien sûr que si, contra-t-il avec un petit rire cynique. Et, crois-moi, une bataille contre toi est presque aussi excitante qu'une étreinte dans tes bras. Mais j'ai bien peur qu'un de mes assistants ne vienne nous déranger d'une minute à l'autre, et je ne voudrais pas que cette fascinante discussion touche si vite à son terme. Alors partons, tu veux ? Allons à l'étage, où nous ne serons pas dérangés.

Emerald retint son souffle. Bien sûr, c'était exactement ce qu'elle avait espéré en enfilant cette robe, mais elle était surprise qu'il la mette ainsi au pied du mur.

— Mais… la réception n'est pas terminée. Tu ne peux pas partir…

— Je suis le roi. Je fais ce que je veux. Et ce que je veux, maintenant, c'est t'emmener dans ma chambre et abréger nos souffrances.

— Nos souffrances ? Kostandin…

— Notre frustration, si tu préfères. C'est ce que tu désirais aussi, non ?

Elle passa une main nerveuse sur la soie glissante de sa robe. Ce n'était pas vraiment ce qu'elle voulait, non. Elle voulait tellement plus. Elle voulait qu'il lui murmure des mots de tendresse et de manque, elle voulait qu'il l'embrasse passionnément dans la lumière du crépuscule. Elle voulait qu'il l'attire dans ses bras, qu'il la serre contre son corps dur, qu'il la séduise et la fasse jouir. Cette conversation froide et pragmatique, cette approche impersonnelle du sexe, « pour abréger leurs souffrances »... C'était bien loin de ce qu'elle voulait. Mais refuser était une option qu'elle ne pouvait envisager. Elle ne souhaitait pas jouer ou résister par fierté. Elle avait envie de l'enlacer, l'embrasser. Lui montrer, avec son corps, ce que les mots ne pouvaient dire. Elle savait qu'il serait un bon père, mais elle ne comprenait toujours pas pourquoi il restait un homme si distant, si implacable. Comment trouver sa réponse s'il ne la laissait pas entrer dans la forteresse qu'il avait bâtie autour de lui ? Rares étaient les fois où il s'ouvrait à elle, même si ce n'était que physiquement ; elle aurait été folle de laisser passer cette opportunité. S'ils passaient la nuit ensemble, alors peut-être...

— C'est vrai, dit-elle. C'est ce que je veux.

Ils se glissèrent dans l'ombre de la végétation. Il ne la touchait toujours pas. Il ne glissa pas sa main dans la sienne alors qu'ils traversaient les jardins, ne passa pas un bras tendre autour de ses épaules. Cette distance ne faisait qu'aiguillonner la tension qui montait en elle, et contrastait avec le décor si romantique des roses odorantes.

Ah, mais rien de tout cela n'était romantique : c'était seulement une illusion. Il ne voulait d'elle que pour le sexe, et elle allait devoir s'en contenter pour le moment.

Ils entrèrent dans l'aile opposée du palais par de grandes arches dorées. Emerald se demanda ce que penseraient les domestiques, s'ils croisaient leur route, mais Kostandin se contenta de la mener à travers une série de passages secrets et d'escaliers dissimulés, jusqu'à ce qu'ils débouchent dans un couloir qu'elle connaissait bien.

— On va chez toi, ou chez moi ? plaisanta-t-elle.

— Chez toi, je pense, murmura-t-il.

Un nouvel élan de déception la saisit tandis qu'elle poussait la porte de sa suite. Elle n'avait jamais vu les appartements du roi : il n'avait jamais voulu les lui montrer. Pourquoi donc ? Étaient-ils imprégnés de la présence de Luljeta ? Ou préférait-il ne jamais partager son propre lit ?

— Tu as l'air nerveuse.

Elle sursauta.

— Je le suis un peu, confirma-t-elle. Pas toi ?

Il secoua la tête. Non, il n'était pas nerveux : il était enfin libéré d'une limite qu'il s'était assignée, et en lui chantait une anticipation exaltée.

— Je ne ressens que du désir, susurra-t-il.

— Pourrait-on éteindre la lumière ?

— Pourquoi se cacher alors que tu es si incroyablement belle ?

Pendant une seconde, ils s'observèrent, puis, soudain, la patience de Kostandin s'évapora. Il s'était maîtrisé si longtemps ; il avait prouvé qu'il était capable de contrôle, de distance, et qu'elle ne pourrait pas le manipuler. La leçon était terminée ; il était temps de revenir au plaisir.

Il ne put retenir un grognement de satisfaction lorsque sa bouche captura enfin celle d'Emerald. Elle avait le goût du miel, du miracle. Dans ses bras, il la sentait trembler d'une sensualité débordante. Oh ! il aimait tant ses frissons, son corps, ses courbes affriolantes, les sons qu'elle émettait lorsque ses mains trouvaient ses seins. Il l'attrapa par les fesses et la pressa contre lui, et elle lui répondit enfin avec un enthousiasme passionné, un empressement qui n'avait d'égal que le sien. D'un coup de reins primitif, presque maladroit, elle se frotta contre lui. La barrière de leurs vêtements était une torture luxurieuse. Avec un petit rire rauque, il la fit reculer jusqu'au mur.

— Me laisserais-tu déchirer ta robe ? J'en rêve depuis le début de la soirée.

Elle rouvrit les yeux, sa nervosité envolée, un sourire insolent aux lèvres.

— Impossible. Elle est bien trop précieuse. Ce serait une insulte à la jeune styliste qui l'a créée, Kostandin.

Il rit doucement, mais s'inclina devant l'argument : d'une main langoureuse, il dénicha la fermeture cachée et fit glisser la soie le long de son corps, comme une corolle ouverte, jusqu'à ce qu'Emerald se dresse devant lui, son corps divin seulement gainé de dentelle et de satin... Et cette vision lui fit tout à fait perdre la tête.

— Je te veux, Emerald Baker, confessa-t-il d'une voix rauque de convoitise en décrochant le fermoir de son soutien-gorge d'une main fébrile.

Ses seins trouvèrent la chaleur de ses paumes comme s'ils avaient été modelés pour lui. Ondulante sous sa caresse, elle l'attira par la nuque pour l'embrasser.

— Tu es si... irrésistible, souffla-t-il contre sa bouche.

— Pourtant, tu as l'air de me résister sans problème.

— Sans problème ? Tu plaisantes ?

— Alors pourquoi te l'infliger ?

— Peu importe. Déshabille-moi, plutôt, ordonna-t-il.

Mais elle n'avait pas terminé de le torturer et, comme elle détachait avec difficulté son col rigide et les attributs innombrables de son costume officiel, il se laissa emporter par l'impatience. Il recula de lui-même et termina de se déshabiller, sans aucune pitié pour les coutures de sa veste.

— Si tu savais comme je te veux..., psalmodia-t-il en l'attirant à lui, en caressant ses hanches, en faisant glisser sa culotte déjà humide, en dévoilant les poils blonds qui couronnaient le centre de ses cuisses.

Au cœur de leur étreinte, les mains d'Emerald avaient elles aussi repris leur cheminement pour le dénuder tout à fait et délivrer son érection de son boxer. Elle saisit sa chair brûlante.

— Je vois à peu près, murmura-t-elle, presque timidement.

Submergé par un désir qu'elle seule savait provoquer chez lui, il la souleva dans ses bras et la porta jusqu'à la chambre avant de tomber avec elle sur le lit. Il l'attira à lui, savoura la chaleur de son corps sous le sien, le mouvement de sa poitrine pantelante. Il plongea son regard dans celui d'Emerald, et, soudain, la séduction badine s'évapora. Il ne restait que l'intensité.

— Qu'est-ce que tu m'infliges, Emerald ? murmura-t-il. Pourquoi suis-je si primitif quand tu es là ?

Elle se mordit la lèvre.

— La même chose que tu m'infliges, à moi, j'imagine.

Le cœur de Kostandin tonnait dans sa poitrine ; son esprit était un champ de bataille, un champ de mines. La faim sauvage qu'il avait d'elle brûlait toujours ses entrailles : il préférait s'abandonner aux charmes de son corps, ces rivages sans danger qu'il connaissait bien mieux que les questions étranges qui l'habitaient depuis des semaines. Il voulait tout oublier dans la sensualité. Il fuit son regard et se nicha dans la chaleur de son épaule pour embrasser sa peau tiède, le délicat relief de sa gorge. Le chemin moite entre ses seins. La douceur de son ventre. Et plus bas encore.

— Kostandin !

Au creux de ses cuisses, il sourit. Son nom gémi ne pouvait qu'enflammer ses ardeurs. Orchestrer le plaisir d'Emerald au rythme soutenu de sa langue et de sa bouche était une nouvelle façon de reprendre le contrôle de lui-même pendant qu'elle fondait entre ses bras et se dissolvait en suppliques. Il se reput d'elle, encouragé par ses gémissements, enflammé par sa chair pulsant autour de lui, récompensé par son orgasme, et ne la délivra que lorsque sa propre convoitise se fut muée en insupportable torture. Il avait besoin d'elle. Il se redressa et retrouva la chaleur de son corps dans leur étreinte.

À cet instant, elle ouvrit ses beaux yeux verts, et fixa sur lui une expression qu'il ne reconnaissait pas. Était-ce la confiance, était-ce la tendresse qui le heurta ainsi en plein cœur ? Pourquoi se sentait-il soudain si vulnérable ?

— Emerald, murmura-t-il en se glissant en elle.

Elle gémit de plaisir et referma les bras sur lui. Elle aussi psalmodiait son nom à son oreille. Tout était... Tout était différent, ce soir, mais si bon, oui, incroyable, indéfinissable. De toutes ses forces, il tentait de faire durer le plaisir, même après qu'elle avait joui une seconde fois dans ses bras. Puis, soudain, il sombra dans le vide ; il se laissa aller à l'abandon le plus total, vertigineux, essentiel, jusqu'à ce que son propre cri résonne à ses oreilles, inarticulé.

Hébété, il resta un moment immobile, le souffle court. La main d'Emerald glissa sur sa taille, s'arrima à sa hanche. De nouveau, il se sentait... Qu'était-ce ?

Il se sentait en sécurité.

Avait-il jamais connu une telle sensation, avant de trouver les bras d'Emerald ?

Il rouvrit brusquement les yeux, décidé à chasser ces pensées parasites. Elle se lova contre sa poitrine. Il ne savait plus vraiment où son corps commençait et où le sien se terminait ; entre les draps, ils étaient un. Il s'était retiré, mais il se sentait aussi proche d'elle que lorsqu'il l'avait prise ; plus proche encore, peut-être. Comment était-ce possible ?

Soudain, la claustrophobie l'emporta sur ce confort illusoire. C'était un piège. Elle l'avait déjà piégé ainsi auparavant.

— Kostandin ? murmura-t-elle de nouveau.

Il était figé. Il régula son souffle, lentement, profondément. Il avait perçu l'émotion dans sa voix ; elle sembla comprendre le changement de son humeur, car elle desserra son étreinte et laissa échapper un soupir plein de mélancolie.

Il arma son cœur contre ce son douloureux. Quoi qu'elle veuille lui dire, quoi qu'elle veuille lui demander, à cet instant, il n'avait aucune envie de l'entendre.

13

Il était parti au matin.

Elle resta allongée entre les draps froissés, le corps endolori par le plaisir. Après tout ce temps, elle aurait dû s'attendre à la déception, mais la peine restait la même. Il ne restait rien de leurs ébats que ses propres vêtements, abandonnés sur le sol de la chambre. Le sexe avait été sensationnel, comme il l'était toujours. Dans ses bras, elle perdait toutes ses inhibitions. Il l'emmenait sans peine au septième ciel. Pourtant, elle avait eu l'impression que leur étreinte avait été différente. Qu'ils avaient dépassé la simple satisfaction physique, ensemble. Emportée par leur proximité, elle avait voulu lui murmurer des mots stupides ; des mots de tendresse, des mots d'amour. Mais il s'était immédiatement endormi, ou avait feint de l'être, et elle avait gardé sa tendresse pour elle.

Un coup retentit à la porte. Son pouls s'envola, porté par l'espoir. Elle enfila rapidement un peignoir et courut dans le salon, un sourire aux lèvres.

Quelle idiote. Elle aurait dû se douter que le roi n'aurait pas pris la peine de toquer. Dans l'entrée, c'était Hana qui l'attendait pour lui demander si elle voulait prendre son petit déjeuner dans sa chambre, puisque la matinée touchait à sa fin.

Emerald leva les yeux vers la pendule ornementée. Il était déjà

11 heures. Elle n'avait pas aussi bien dormi depuis des années. Certes, elle n'avait pas pu avoir la conversation qu'elle espérait avec Kostandin, et il avait disparu au matin, mais peut-être n'avait-il simplement pas voulu la déranger ? Peut-être qu'il avait une bonne raison d'être parti sans mot dire ? Que disaient les hommes, dans les films ? « Tu étais si belle que je n'ai pas voulu te réveiller. »

— Merci, Hana, mais je vais descendre pour petit déjeuner. J'imagine que le roi a déjà mangé ?

Hana sembla surprise.

— Le roi ne prend jamais de petit déjeuner.

Emerald fronça les sourcils. Voilà une chose qu'elle aurait dû savoir, en tant que potentielle épouse du roi. Même si elle n'avait pas l'intention de faire la leçon à Kostandin sur les avantages de commencer la journée avec un bon repas, il faudrait qu'elle lui en parle s'il en venait à devoir montrer l'exemple pour Alek. Peut-être qu'aujourd'hui, ils pourraient faire un appel vidéo avec son fils. Leur fils. Une chaleur tendre se répandit en elle : elle imaginait le roi, téléphone en main, montrant à Alek les grandes écuries et ses beaux chevaux. Son petit garçon serait absolument enchanté.

Elle prit une douche et s'habilla avec soin, déterminée à répondre aux attentes de la cour. En route pour petit déjeuner, elle décida sur un coup de tête de faire un détour ; elle pourrait passer par le bureau du roi et dire bonjour à son amant, car n'était-ce pas l'une des prérogatives d'une reine ?

Dans l'antichambre, elle trouva Lorenc, absorbé dans ses papiers. Il l'accueillit avec une courtoisie policée :

— Bonjour, mademoiselle Baker. Comment puis-je vous aider ?

— Bonjour, Lorenc, sourit-elle. Je me demandais si je pouvais voir Kostandin une seconde ? J'ai des questions sur le programme, euh, de la journée.

— Malheureusement, cela ne va pas être possible.

Quelque chose, dans la voix du secrétaire, glaça le sourire d'Emerald sur ses lèvres.

— Pourquoi pas ?

— Le roi est déjà parti pour son rendez-vous avec le parlement de Sofnantis.

Oh ! comme elle aurait aimé pouvoir se retenir. Comme elle aurait aimé pouvoir se taire.

— Il n'a pas laissé de message pour moi ? s'entendit-elle plaider.

Lorenc arqua un sourcil.

— J'ai bien peur que non, mademoiselle Baker. Je suis navré, il est extrêmement occupé aujourd'hui, poursuivit-il en la menant subtilement vers la porte, qu'il lui tint ouverte. Mais je ne manquerai pas de lui faire savoir que vous le cherchez.

En pivotant pour sortir, elle fit l'erreur de lever les yeux, et son cœur se mit à tambouriner quand elle remarqua le portrait qui reposait contre un mur, calé dans un coin, en attente d'être accroché. Le portrait de cette femme qu'elle connaissait si bien, même si elles ne s'étaient jamais rencontrées.

Luljeta.

Elle pinça les lèvres pour ne pas émettre les questions jalouses et incongrues qui lui montaient à la gorge. Non ; elle se contenta de sourire poliment et repartit vers la salle à manger, où elle ne put, finalement, rien avaler.

Lorenc s'était comporté étrangement, ce matin. Kostandin lui avait-il ordonné de faire barrage à Emerald ? Elle s'était réveillée avec la conviction que leur situation s'était arrangée. Maintenant, il était bien difficile de voir le bon côté des choses. Pourquoi gardait-il un portrait de Luljeta dans son bureau ? Ses propres peurs silencieuses étaient-elles fondées, depuis le début ? Forçait-il une distance entre eux car il faisait le deuil de sa relation avec Luljeta ?

Elle ne pouvait pas se mentir à elle-même plus longtemps : elle savait qu'il avait fait semblant de s'endormir, la veille ; elle l'avait senti se raidir et reconstruire ses défenses aussitôt après l'orgasme, alors qu'elle tentait de le prendre dans ses bras. Elle aurait voulu croire qu'ils avaient partagé une expérience spéciale, mais ce n'était pas réciproque, bien sûr. Sinon, pourquoi se serait-il dépêché de disparaître au matin, alors qu'elle dormait encore ?

Elle s'était promis de ne plus être passive, de ne plus laisser l'optimisme l'aveugler. Si elle ne faisait rien, la vie que lui offrirait Kostandin serait celle qu'il lui avait clairement décrite : un fragment d'affection ici et là, immédiatement retiré. Elle resterait piégée dans ces limbes, entre l'espoir, la passion et le manque. Elle secoua la tête.

À cet instant, elle était dans un palais tout droit sorti d'un rêve, où elle aurait pu aller nager dans la piscine, marcher dans les jardins, prendre des photos avec son appareil dernier cri, profiter de toutes les expériences proposées par un hôtel de luxe… Pourtant, tout lui semblait vide. Cet endroit, son âme lui semblaient vides !

Son cœur lui avait été arraché.

Était-ce ce que ressentait Kostandin, depuis que Luljeta et lui avaient rompu ? Avait-elle laissé derrière elle un homme brisé ? Il avait dit que leur union n'avait été qu'un mariage de convenance, mais personne ne l'avait forcé à lui demander sa main. C'était bien différent de ce qu'il partageait avec elle-même : après tout, il lui avait proposé le rôle de reine uniquement parce qu'elle avait porté un héritier dont il n'avait jamais envisagé l'existence. Peut-être que Kostandin avait aimé Luljeta. Cela expliquerait sa froideur, sa réticence à faire l'amour avec elle jusqu'à ce qu'elle l'en supplie ! Et encore, pas dans son lit à lui. Pas dans le lit où Luljeta avait sans doute dormi.

Sur le chemin de sa chambre, elle s'arrêta brusquement, irrésistiblement attirée par la porte de Kostandin, incapable d'ignorer le chant tentateur de sa curiosité malsaine. Le couloir était vide : il n'y avait pas de garde ou de domestiques pour surveiller les appartements du roi. Avant qu'elle ne puisse contrôler sa pulsion, ses doigts s'étaient refermés sur la poignée dorée. Une seconde plus tard, elle était à l'intérieur.

Pendant un instant, elle resta immobile, s'habituant à l'atmosphère du vaste salon. La pièce était silencieuse. Chaque son était étouffé par la richesse des draperies de velours et de brocart. Des nuances d'un rouge profond assombrissaient la pièce, déjà meublée de bois noir. Le cœur d'Emerald battait la chamade lorsqu'elle avança dans le salon, vers la chambre, sans savoir vraiment ce qu'elle cherchait.

Non. Elle mentait. Elle le savait : elle cherchait le fantôme de la femme qui était venue avant elle.

Cependant, elle ne trouva rien qui puisse nourrir ses peurs. Il n'y avait pas de photo de Luljeta, pas de portrait. Nulle part, dans cette caverne masculine, elle ne vit la marque d'une touche féminine. À vrai dire, il n'y avait aucun élément personnel. C'était plutôt la version grandiose d'une des chambres du Colonnade Club, sans âme et anonyme.

— Qu'est-ce que tu fais ici ?

La voix était glaciale ; Emerald fit volte-face dans un sursaut. Elle n'avait pas entendu Kostandin entrer et, lorsqu'elle croisa la fureur glaciale qui brillait dans ses yeux sombres, elle comprit qu'elle avait fait une erreur fondamentale. Cette fois-ci, elle avait brisé une règle de trop.

Personne n'entrait dans les quartiers privés du roi sans invitation. Elle était censée connaître sa place, même s'il l'avait demandée en mariage : et sa place, c'était de se taire, d'admirer tous les exploits de Sa Majesté, et d'obéir à ses ordres et à ceux de ses équipes.

— Qu'est-ce que tu fais ici, Emerald ? répéta-t-il durement.

Emerald parvint à soutenir son regard. La conversation qui allait suivre serait difficile, mais peut-être était-ce la seule manière de l'aborder : après tout, Kostandin aurait fui toute autre tentative. Elle devait enfin affronter la réalité. Il était temps d'assumer ses propres doutes et d'exiger la vérité.

— Je voulais voir ta chambre, dit-elle.

— Tu l'as vue.

— Tu ne vas pas me demander pourquoi ? Peut-être que tu n'es simplement pas intéressé... Voilà qui ne change pas de d'habitude !

Kostandin se raidit. Il sentait venir une bataille hideuse qui lui rappellerait sans aucun doute les duels mesquins de son enfance. Toutefois, c'était peut-être la meilleure façon de lui faire comprendre, une bonne fois pour toutes, que les limites qu'il avait posées n'étaient pas négociables.

— Je t'écoute... si cela te fait plaisir.

— Oh ! tu es si méprisant ! s'exclama-t-elle. Je voulais juste voir... J'avais besoin de savoir si tes appartements étaient un autel à Luljeta, si c'était parce que tu l'avais perdue que tu ne souhaitais pas me faire entrer dans ta chambre après elle.

— Un autel ? À Luljeta ? s'étonna-t-il. Pourquoi aurais-je fait une chose pareille ?

— Il y a un portrait d'elle dans l'antichambre de ton bureau !

— C'était l'un de ses portraits favoris, et elle a demandé qu'il lui soit retourné. C'est Lorenc qui doit s'occuper de l'empaqueter.

— Oh.

— Oui, oh, siffla-t-il. Mais je ne devrais pas avoir à justifier mes actes, Emerald. Je ne te dois aucune explication !

Elle resta un instant immobile, comme s'il l'avait giflée. Puis, son regard vert s'aiguisa. Elle était prête à en découdre.

— Même si je décidais d'ignorer l'arrogance invraisemblable d'une telle déclaration, je ne pourrais pas tirer d'autre conclusion que celle-ci : de toute évidence, un mariage entre nous ne fonctionnera pas.

Elle secoua la tête.

— J'ai essayé d'être patiente, Kostandin. D'être compréhensive. Tu as eu une enfance difficile, qui explique tes problèmes de communication... Et même si je sais que tu as fait des efforts pour te confier à moi...

— Qu'est-ce que tu peux bien avoir à me reprocher, alors ? coupa-t-il, sardonique.

— Je n'étais qu'un coup d'un soir pour toi, je le sais. Tu as essayé de faire ton devoir depuis que tu as appris l'existence d'Alek, avec cette distance sévère que tu as développée depuis que tu as accepté le trône, et j'imagine que je devrais t'en être reconnaissante. Après tout, moi aussi, j'ai des défauts. Mais mon séjour à Sofnantis m'a simplement prouvé que je ne peux pas vivre avec un homme qui me tient à distance.

— Te tenir à distance ? C'est comme ça que tu décrirais la nuit dernière, vraiment ?

— Je ne parle pas de sexe, Kostandin. Bien sûr, tu es merveilleux lorsqu'il s'agit de sexe. Mais tu n'as pas passé la nuit entière avec moi, n'est-ce pas ? Tu étais parti au matin, et je n'étais pas vraiment surprise. Dis-moi la vérité, t'es-tu éclipsé simplement pour observer les règles du décorum et ne pas être découvert dans le lit d'une femme qui n'est pas ton épouse par les domestiques ? Ton attitude changerait-elle vraiment si nous étions mariés ?

Kostandin serra les dents. Un lourd silence tomba entre eux. Face à lui, Emerald semblait si vulnérable, et son cœur se serra sur une émotion lancinante qu'il ne connaissait pas. Il s'arma contre l'espoir qui brûlait encore dans les prunelles d'Emerald. Il ne voulait pas s'impliquer dans une telle interaction : ni aujourd'hui ni jamais. Il ne la laisserait pas le disséquer, l'étudier, le piéger comme tant de femmes avaient tenté de le faire ;

il ne lui donnerait pas les armes dont elle avait besoin pour le manipuler et le torturer pour le restant de ses jours.

— Non. Cela ne changerait pas si nous étions mariés, admit-il froidement. Bien sûr, tu ne connais rien de la vie royale...

— Arrête de me prendre de haut !

— Je ne fais que dire la vérité. Avoir des chambres séparées n'est pas inhabituel pour des monarques. Et puis, c'est une bonne façon de nourrir un peu de mystère, d'excitation : c'est un avantage dans le mariage, non ?

— Bien sûr, et c'est le mystère et l'excitation qui t'ont motivé, cette nuit ? Non. Ce que tu veux, c'est fuir l'intimité. Tu ne souhaitais pas entendre ce que j'avais à dire, donc tu as fait semblant de dormir, puis tu t'es enfui. Imagine, si tu avais dû écouter des mots tendres !

— Ça suffit, ordonna-t-il.

— Certainement pas, contra-t-elle avec un mouvement rebelle de son beau visage. Je veux savoir pourquoi tu m'en veux tant. Tu es en colère, je le vois, et je ne sais même pas pourquoi. Qu'est-ce que j'ai bien pu te faire pour mériter tant de rancœur ? Est-ce que c'est parce que j'ai gardé le secret de ta paternité trop longtemps ? Je te l'ai déjà dit, je m'en excuse et je m'en veux. Ou alors, c'est parce que je te parle comme à un homme, plutôt que comme au symbole d'un pouvoir dont je me fiche ?

Kostandin inspira profondément. Il n'avait pas envie de lui accorder plus de munitions qu'elle n'en avait déjà, mais la vérité brute, sur ce point, lui prouverait qu'il ne serait jamais l'homme qu'elle voulait qu'il soit.

— Si tu n'avais pas fait entrer Alek dans ma vie, je ne serais plus le roi de Sofnantis, asséna-t-il.

Elle cligna des yeux, prise au dépourvu.

— Je ne comprends pas.

— Quand j'ai hérité de ce trône dont je ne voulais pas, j'ai vu dans mon rôle le devoir de réparer les dommages que mon père et mon frère avaient fait subir au pays. Mais mon aversion envers ma position est restée la même. C'était un fardeau dont je ne voulais pas, et maintenant que Sofnantis est de nouveau stable économiquement, j'avais bien l'intention de reprendre le contrôle de mon avenir. J'avais divorcé. Je ne souhaitais pas me remarier ni avoir d'enfants. J'allais être libre.

— Et alors ?

— Réfléchis, Emerald, dit-il d'un ton impitoyable. Les rois font partie d'une lignée, et j'avais pris garde à interrompre la mienne. J'avais prévu d'abdiquer en faveur de mon cousin Namik. C'était mon successeur, et un homme honorable, intelligent, avec une femme exquise et un jeune fils. Il aurait été parfait pour le rôle. Il l'est toujours. Mais tous mes plans ont volé en éclats parce qu'un jour, tu as décidé de revenir dans ma vie. C'est Alek, le véritable héritier du trône, et si j'abdique, il perdra son droit de naissance. Je le spolierais, lui, mais aussi mon pays : sans héritier, je ne pouvais pas assurer le futur de Sofnantis ; si j'abdique alors que j'ai ma propre lignée, j'affaiblirai la monarchie, et cela, je ne peux le tolérer. Tu comprends ?

Emerald hocha lentement la tête.

— Pourquoi détestes-tu tant le trône, Kostandin ? Tu es un bon roi.

Il secoua la tête, frustré.

— Parce que ces chaînes dorées m'emprisonnent. Je suis piégé par le manque total de liberté, par le regard des autres, par la façon dont ils m'écoutent et m'obéissent au doigt et à l'œil ! Sauf toi, peut-être.

— Et cette… cette vie d'emprisonnement, ces chaînes dorées dont tu parles, objecta-t-elle. C'est ce que tu veux pour notre fils ?

— Il a le droit d'avoir le choix, contra-t-il. Alek est l'héritier d'un grand pays et d'une immense fortune. Nous ne pouvons pas lui cacher une chose pareille, Emerald. Qui sait comment il verrait cet héritage ? Peut-être aimerait-il être roi.

— Peut-être..., répondit Emerald, hésitante.

Elle tentait de faire le point sur ces nouvelles révélations. L'aveu de Kostandin expliquait beaucoup de choses : sa rancœur, la colère bouillonnante qu'elle avait sentie sous les preuves de son désir. C'était difficile à entendre, et elle aurait pu réagir en montrant sa douleur, mais elle appréciait qu'il soit, au moins, honnête avec elle.

Elle songea au train de vie et aux circonstances qui l'avaient forgé. Sa mère volage et distante. Son père, faible ; son frère, accro et dépensier. Lorsqu'il parlait de son passé, il peinait à cacher sa souffrance. Était-il vraiment surprenant qu'il ne veuille pas fonder une famille ? Et s'il était implacable et furieux, il était aussi courageux, et fort. Elle l'admirait pour cela. Il n'avait pas voulu la couronne, mais il l'avait acceptée pour le bien de son pays. Il était prêt à porter ce fardeau pour toujours, pour le bien de son fils. Il avait travaillé d'arrache-pied pour construire un changement structurel. Ne pouvait-elle pas lui montrer qu'un autre changement, un changement émotionnel, était aussi possible ? Si seulement il abaissait un peu ses défenses...

C'était à son tour de se montrer forte. Assez forte pour ravaler sa fierté et lui avouer ce qu'elle ressentait pour lui. Un homme qui n'avait même pas été aimé à sa juste valeur par sa mère méritait plus qu'un mensonge ; il méritait qu'on lui dise, clairement, passionnément, qu'on pouvait l'aimer sincèrement.

— Un jour, tu m'as demandé pourquoi j'étais vierge quand je t'ai rencontré, et je ne t'ai pas répondu, dit-elle. Mais peut-être qu'il est temps de le faire. Après avoir été trahie par mon père, ma mère a passé le reste de sa vie à nous inculquer, à moi et à Ruby, que les hommes n'étaient pas dignes de confiance. Je ne l'ai pas prise au mot, mais même en tentant de rester rationnelle, je sais que sa philosophie a laissé des traces sur mon rapport aux relations amoureuses. J'ai toujours été très, très prudente avec les hommes. Je ne suis pas sortie avec grand monde, et, quand j'acceptais finalement un rendez-vous, je me suis toujours ennuyée à mourir.

Elle s'interrompit un instant, pensive.

— Peut-être que je choisissais inconsciemment des hommes ennuyeux dans l'espoir qu'ils soient moins dangereux. Jusqu'à ce que je te rencontre.

— Oh ! j'étais dangereux ? sourit-il, un peu moqueur.

— Tu l'es, Kostandin, répliqua-t-elle en riant. Et je sais ce que tu penses, que je te voulais parce que tu étais prince, parce que toutes les femmes se jettent à ta tête pour ton statut. Bien sûr, cela n'avait rien à voir avec ton intelligence, ton humour, ou le fait que tu sois beau à mourir, et que tu aies des yeux sublimes.

Elle s'empressa de continuer, de peur que Kostandin ne réagisse à cette salve de compliments et ne la détourne de son objectif :

— Malgré ta position, tu m'as traitée comme ton égale, même si je ne l'étais pas. Et quand tu m'as expliqué que nous n'avions aucun avenir, je l'ai accepté même si je n'en avais pas envie. Si les circonstances avaient été différentes, je t'aurais avoué ma grossesse plus tôt ; tu sais pourquoi je ne l'ai pas fait. Malgré tout, je n'ai jamais cessé de penser à toi. Comment aurais-je pu t'oublier, alors que je voyais tes traits sur le visage de notre fils, tous les jours ?

Le visage de Kostandin restait fermé, ses yeux glacés.

— Pourquoi me dis-tu tout cela, Emerald ?

Elle se sentit grimacer. C'était une réponse bien douloureuse, face à une déclaration si sincère, si pleine d'émotion. Pourtant, elle se força à continuer, même alors que les larmes lui piquaient les yeux. Elle devait rester forte et lui montrer qu'elle était sincère, sans pour autant lui faire peur. Car la vérité était terrifiante, n'est-ce pas ? La vérité, c'était qu'elle l'aimait. Qu'elle l'avait toujours aimé. Sinon, pourquoi aurait-elle accepté toutes ces épreuves ? Et même s'il ne ressentait pas la même chose, n'y avait-il pas une chance que cela change ?

— Parce que je crois que nous pourrions être heureux en fondant une famille. Si tu arrêtais de mettre tant de barrières au bonheur, si tu apprenais à nous faire confiance, à te faire confiance, à toi. Alek est affectueux. Il te couvrirait d'amour, tu sais. Est-ce que ce n'est pas ce que tu veux ? Ne crois-tu pas que l'amour pourrait t'offrir cette liberté que tu veux tant ? Notre famille te permettrait de t'évader de tout ce faste et de tout ce protocole qui t'étouffent. Si tu y accordais l'importance que tu lui dois, elle deviendrait un véritable refuge.

— Voilà qui est bien optimiste, rétorqua-t-il froidement. Restons réalistes, d'accord ? Je ferais de mon mieux pour être un bon père pour Alek. Je suis sûr que tu n'auras aucun mal à m'invectiver si je fais des erreurs, de toute façon.

Une touche d'humour. Juste un sourire, un merveilleux sourire taquin, avant qu'il ne reprenne d'une voix atone :

— Quant à toi, je t'offre mon affection, mon respect, ma fidélité, et c'est tout ce que je peux te donner.

Pour lui, c'était une importante concession, elle en avait conscience. S'il n'y avait eu qu'elle, peut-être aurait-elle accepté cet accord, en espérant qu'il s'adoucirait avec le temps. Mais son fils était sa priorité, et, même si les mots restaient coincés dans sa gorge, elle se força à les articuler :

— Je suis désolée, Kostandin, mais ce n'est pas assez. Je ne veux pas d'un mariage contractuel, avec une date de péremption, et où l'émotion et l'amour sont impossibles.

— Oh ! pitié, es-tu en train de marchander pour plus de romance, Emerald ?

Elle serra les dents. À cet instant, elle le haïssait pour sa perception si méprisante de l'humanité, et pour la cruauté qu'il montrait envers elle. Bien sûr qu'elle voulait plus de romance ! Plus d'amour, plus de sincérité ! Mais puisqu'il réagissait ainsi, elle n'allait certainement pas le confesser. Il lui avait brisé le cœur, mais il ne piétinerait pas son ego.

— Arrête de te moquer de moi, siffla-t-elle. Si j'avais voulu de la romance, je ne t'aurais pas choisi, Kostandin ! Peut-être que tu penses qu'être roi te soustrait aux règles fondamentales des interactions humaines, mais ton comportement est inexcusable. Tu as passé ton temps à me donner des ordres et à m'édicter ce que tu ne tolérerais pas, sans jamais m'écouter.

Les larmes lui brûlaient les yeux ; elle ferma les paupières pour les ravaler. Lorsqu'elle les rouvrit, son regard était clair, et sa voix ferme.

— Au moins, ta cruauté m'a permis de comprendre que je dois à mon fils de refuser cette offre mesquine d'affection rationnée et de distance étudiée, mais je me le dois à moi, aussi. Alek et moi valons mieux que tout cela !

— Mieux que quoi, Emerald ?

— Mieux que ton palais vide et cette vie sans profondeur ! s'exclama-t-elle. Je ne veux pas qu'Alek grandisse dans un environnement où il doit marcher sur des œufs de peur de désobéir aux ordres tyranniques de son père et de sa cour. Nous n'avons pas grand-chose, dans le Northumberland, mais au moins nous avons un amour débordant et une vie pleine de chaleur. Je ne t'empêcherai pas de le voir, Kostandin ; au contraire, je ferai tout pour faciliter tes visites. Si tu veux toujours abdiquer, je garderai ton secret. Cette vie ne me regarde pas. Je veux la quitter. Je veux rentrer en Angleterre et ne jamais me retourner.

Elle soutint son regard sans fléchir.

— J'en ai assez, Kostandin. Je sais que tu peux exaucer ce dernier souhait sans aucun effort, alors laisse-moi partir.

14

Kostandin faisait les cent pas dans la longue galerie, les épaules crispées, et un seul leitmotiv en tête.

Comment osait-elle ?

Lui dicter comment elle voulait définir leur relation ! Faire l'inventaire de ses récriminations, et exiger ensuite qu'il fasse venir un avion pour la renvoyer aussi vite que possible en Angleterre ? Eh bien, voilà qu'Emerald Baker se prenait pour une reine et lui pour son humble laquais ! Oh ! il aurait pu refuser, et la forcer à attendre un vol commercial à l'aéroport de Plavezero ; oui, il avait été tenté d'utiliser son pouvoir pour la punir, comme elle avait essayé de le punir, lui. Finalement, il avait décidé que cette situation intolérable ne pouvait durer plus longtemps. Elle prendrait son jet privé, et qu'elle parte donc et ne revienne jamais !

— Votre Majesté ?

Agacé, il leva les yeux vers les hautes portes que Lorenc venait d'ouvrir.

— Que se passe-t-il ?

— Mlle Baker s'apprête à partir pour l'aéroport, et je me demandais...

Son secrétaire émit un toussotement poli.

— Je me demandais si Sa Majesté voulait lui faire ses adieux ?

— Non, Sa Majesté ne veut absolument pas lui dire adieu, gronda Kostandin. Fais-la partir. Le plus tôt sera le mieux. J'ai du travail.

Pourtant, après le départ de Lorenc, Kostandin se prit à marcher vers les hautes fenêtres. Il se posta à l'angle, dissimulé par les lourds rideaux de velours, et laissa son regard tomber sur la grande cour. La voiture attendait toujours, rutilante, son drapeau sofnantien bruissant dans la brise derrière le chauffeur, qui attendait sa passagère, posté au garde-à-vous. Puis, elle apparut, vêtue d'un vieux jean, avec à la main sa mallette à ordinateur et une petite valise usée. Il fronça les sourcils. Pourquoi lui faisait-on porter son propre bagage ? Pourquoi ne lui avait-on pas fourni une valise digne de ce nom, d'ailleurs ? Et avait-elle donc décidé de laisser ici les cadeaux précieux qu'elle avait reçus pendant son séjour – l'appareil-photo, la garde-robe ?

À cet instant, elle leva son beau visage en forme de cœur vers le palais. Il ne pouvait voir son expression, d'ici, mais son estomac se contracta tout de même lorsque le soleil fit danser des reflets d'or dans ses longs cheveux lâchés. Ah, mais mieux valait cette souffrance fugace que la torture constante de se battre de toutes ses forces contre quelque chose qu'il peinait à nommer. Il se détourna vivement. Il était temps de la laisser derrière lui. Il y avait beaucoup à faire ; il devait réorganiser ses pensées, trouver des solutions réalistes concernant sa relation avec Alek. Lorsque la fureur de leur dernier entretien se serait érodée, il ferait appel à des médiateurs professionnels : c'était la meilleure solution.

Pourtant, malgré ses bonnes résolutions, le conflit qui faisait rage en lui ne s'apaisa pas. Pendant des jours, il tenta de noyer ses états d'âme dans son emploi du temps effréné, de se distraire à coups de délégations, de réceptions, de dîners. Une fois seul, il s'attablait sans relâche pour travailler sur les piles de papiers officiels qui l'attendaient à son bureau et, sous ses yeux, les mots dansaient jusqu'à la migraine. Une colère sourde montait en lui, inexorable. Encore et encore, il revenait à Emerald. Pas seulement ses attraits évidents, comme sa beauté, sa sensualité, ou l'amour qu'elle portait à leur fils. Sa force et sa détermination étaient tout aussi admirables : après tout, n'avait-elle pas refusé de se laisser charmer par les cadeaux empoisonnés de sa position ? Elle était prête à tourner le dos aux privilèges et au luxe pour protéger Alek. Elle n'avait pas demandé d'argent, de pouvoir, de titre ; elle n'avait désiré que sa sincérité, et des émotions auxquelles il ne voulait pas s'adonner. Il secoua la tête. Au moins, il n'avait plus à écouter ses exigences, maintenant. Il aurait dû en être soulagé. Alors pourquoi, oh, pourquoi se sentait-il si...

Vide ?

Un petit coup à la porte interrompit ses pensées moroses.

— Entrez ! aboya-t-il.

Lorenc apparut, une photo à la main.

— Qu'y a-t-il ?

Son assistant plaça la photo avec soin sur le bureau.

— Je me disais que nous pourrions utiliser ce cliché pour le communiqué de presse sur votre voyage à Maraban, Votre Majesté. Qu'en pensez-vous ?

Kostandin s'apprêtait à lui répondre qu'il n'avait pas de temps à perdre avec ce genre de décision, mais son regard tomba sur la photographie en noir et blanc, et son cœur rata un battement. C'était l'une des photos qu'Emerald avait prises.

Il avait toujours admiré son talent, et, malgré lui, il saisit le papier glacé pour étudier la photo de plus près, parce que...

Il secoua la tête, bluffé.

Parce qu'il ne se reconnaissait pas. L'expression austère et impérieuse qui caractérisait d'habitude son image avait disparu. Ses lèvres étaient incurvées sur un rire naissant qu'il avait de toute évidence tenté de ravaler, et son regard était... doux. Il secoua la tête, perplexe.

Doux, comme s'il avait été en train d'observer quelque chose qui lui était très précieux.

Ou quelqu'un.

Elle. Il était en train de la regarder, elle. La seule femme qui le faisait sourire. Brusquement, il bondit sur ses pieds et alla se poster à la fenêtre, où montait le parfum tendre et fort des roses. Il sentait ses défenses s'écrouler, et son cœur s'emballer. Pouvait-il l'admettre ? Que l'atmosphère, dans le palais, avait été bien différente lorsque Emerald y habitait ? Que, pour la première fois, cette citadelle ne lui avait plus semblé être une froide prison ou le symbole de sa puissance, mais qu'elle avait pris vie autour de lui ?

Et lui aussi était revenu à la vie, comme un sol craquelé ressuscite sous une gerbe d'eau pure. Il aimait sa compagnie. Il aimait sa curiosité ardente, sa repartie. Elle l'avait intrigué, défié, elle l'avait fait réfléchir sur lui-même. Il l'avait repoussée parce qu'elle l'avait forcé à s'observer sous un angle dont il n'était pas fier, mais ne valait-il pas mieux affronter ses zones d'ombre, plutôt que de les enterrer au plus profond de lui et les laisser l'empoisonner ?

Il ferma les yeux. Elle n'avait pas fléchi lorsqu'il avait exigé qu'elle ne tombe jamais amoureuse de lui, qu'elle ne fantasme pas sur leur intimité. Il avait martelé qu'il continuerait à se comporter de la sorte pour toujours, et qu'elle et son garçon devraient bien s'y habituer. Il avait proposé une union qui n'était pas un vrai mariage, et maintenant...

Il se détourna, dans la lumière du soleil et le parfum des roses, l'esprit à la dérive, le cœur brûlant, comme un homme qui s'éveille d'un trop long sommeil.

— Lorenc, assieds-toi. J'ai besoin que tu m'aides à organiser quelque chose de très important.

Emerald jeta encore une fois un œil à sa montre. Elle aurait dû être, si ce n'est heureuse, au moins un petit peu enthousiaste : ce n'était pas toutes les semaines qu'on leur passait deux commandes aussi bien payées. Leur commerce, à elle et à Ruby, était de petite envergure : leurs opportunités restaient habituellement proportionnelles. Par conséquent, Ruby avait été enchantée de livrer l'énorme lot de petits pains locaux à un hôtel luxueux de Newcastle, où un footballeur connu s'était installé une semaine pour rendre hommage à ses racines ; pendant ce temps, Emerald était restée ici pour s'occuper de la requête abracadabrante qui consistait à privatiser leur café sur la plage pour une réception.

Elle ne savait même pas combien d'invités étaient prévus. En réalité, elle ne savait pas grand-chose. Elle avait été mise en relation avec une femme élégante, dans le centre de Londres, qui ne lui avait donné que les informations nécessaires. Dieu merci, la partie traiteur de cette mission était restée modeste, et elle avait pu la prendre en charge toute seule : on ne leur avait demandé que deux barquettes de fraises, un tube de crème, et des fruits de la passion. Le client avait prévu de s'occuper de l'alcool et des fleurs sans leur aide.

Et quelles fleurs ! Emerald embrassa la pièce du regard. Elles étaient arrivées un peu plus tôt dans la journée, dans une camionnette de fleuriste de luxe : des montagnes de roses parfumées aux nuances carmin et lilas, exposées dans de sublimes vases de cristal. Leur fragrance riche embaumait l'air du petit café.

Pourtant, malgré la somme exorbitante que ses mystérieux clients avaient payée comptant, Emerald ne pouvait que se forcer à l'enthousiasme. Elle ne pensait qu'à une chose, ces jours-ci : Kostandin, et combien il lui manquait. Elle avait tenté de se concentrer sur ses défauts pour que sa tristesse se transforme en colère ; elle s'était focalisée sur son arrogance, sur sa rigidité, mais rien ne pouvait apaiser la souffrance de son cœur.

Elle était restée évasive avec Alek, sur son père comme sur Sofnantis : que pouvait-elle bien lui dire ? Qu'elle était désolée ? Qu'elle avait refusé d'épouser son père parce qu'il ne serait jamais en mesure de l'aimer comme elle l'aimait, elle ? Ce qu'elle avait cru être la solution la plus logique au moment où elle l'avait choisie lui semblait maintenant être un acte de pur égoïsme ; à moins, bien sûr, que son esprit ne cherche en fait à la convaincre qu'elle aurait dû revenir sur sa décision, parce qu'elle ne supportait pas son absence. Mais... retrouver le cercle vicieux dont elle avait déjà fait le tour à Sofnantis ? Se battre, encore et encore, contre une union de convenance, rêvant d'un mariage d'amour ? Non. C'était impossible.

Le soleil se refléta dans le capot brillant d'une voiture, et elle se redressa pour lisser son tablier à froufrous. Son sourire factice s'évanouit lorsqu'elle reconnut la haute silhouette qui poussait la portière du véhicule. Dans son jean élimé et un T-shirt aussi noir que ses cheveux de jais, il n'avait pas l'air d'un roi, pas aujourd'hui. Il portait même son propre sac... Une glacière ? Ce ne pouvait être qu'une hallucination !

Elle plissa les yeux, le cœur battant. Non... Jamais ses sens n'auraient pu être aussi transportés par un rêve. Dès qu'il poussa la porte, le pouvoir de sa présence magnétique, aussi tangible qu'une étreinte, la submergea. Alors, elle resta plantée là, entourée de ces dizaines de bouquets de fleurs, luttant pour ne pas trahir son émotion : calme et posée, comme se devait de l'être la mère d'un futur roi.

— Kostandin, dit-elle d'une voix aussi stable que possible. Que fais-tu donc ici ?

Kostandin posa la glacière sur le sol, surpris qu'elle ne l'interroge pas sur son utilité. À l'intérieur, les verres avaient cliqueté contre la bouteille. Avait-elle déjà deviné ? Rien ne transparaissait sur son joli visage ; elle l'observait avec un regard froid, analytique, dénué de son habituelle fièvre.

Il avait une réputation internationale de bon orateur, mais, aujourd'hui, pour la première fois de sa vie, son éloquence s'était évaporée, et les mots s'agglutinaient dans sa gorge. Comment verbaliser quelque chose qu'il n'avait jamais dit ? Quelque chose qu'il avait craint, qu'il avait fui et repoussé toute sa vie ? Il déglutit difficilement.

— Je veux que tu reviennes.

Elle arqua un sourcil.

— Vraiment ? Qu'est-ce que c'est, encore un jeu de pouvoir ?

— Je me fiche du pouvoir, marmonna-t-il sans parvenir à dissimuler le désespoir dans sa voix.

— Tu n'avais pas besoin de louer mon café, tu sais ? fit-elle, méfiante. Tu pouvais juste décrocher ton téléphone et j'aurais accepté de prendre rendez-vous.

— Je ne voulais pas d'un rendez-vous, Emerald. Je voulais te surprendre.

— Et je suis très surprise. La vraie question, c'est : pourquoi ?

— Tu m'as fait comprendre que je n'avais jamais été très romantique. J'essaye de me corriger.

Voilà qui était bien difficile à admettre, mais Emerald n'avait de toute évidence pas l'intention de lui faciliter la vie. Avec un regard de défi, elle s'enquit :

— D'accord. Tu ne m'as toujours pas dit pourquoi.

Très bien. Il allait devoir passer par le baptême du feu.

— Parce que j'ai besoin de toi, Emerald.

Son aveu était vibrant de sincérité. Face à lui, néanmoins, elle ne sourit pas ; elle ne capitula pas.

— Je ne crois pas que ce soit de moi que tu aies besoin, Kostandin, dit-elle en secouant la tête, bien que sa voix tremble légèrement. Tu veux simplement avoir ton héritier à tes côtés. Sois honnête, au moins, avec toi comme avec moi. Je ne t'ai pas menti quand je t'ai dit que tu pourrais voir Alek autant que possible, mais je ne vais certainement pas revenir pour solidifier ta lignée. Je suis désolée, mais j'en suis incapable.

— Cela n'a rien à voir avec ma lignée, murmura-t-il. Je ne parle que de toi, de ce que je ressens pour toi, de ce que j'ai été trop stupide et trop têtu pour admettre jusqu'à maintenant.

Elle secouait toujours la tête. Il saisit ses mains dans les siennes avec toute la ferveur qu'il ressentait.

— Tu m'as dit que tu ne m'avais jamais oublié. Eh bien, je ne t'ai jamais oubliée non plus, Emerald. Après cette première nuit que nous avons passée ensemble, je t'avais dans la peau. Tu hantais mes pensées. Tu voulais savoir s'il y avait un autel à mon ex-femme dans ma chambre, et tu as vu que ce n'était pas le cas. Et pour cause, car elle n'y a jamais passé une nuit.

— Oui, oui, dit-elle en balayant l'argument d'un pauvre rire. Tu me l'as déjà dit : le lit du roi est sacré et ne doit pas être partagé avec une femme...

— Non, pas du tout. Mon mariage avec Luljeta n'a pas été consommé. Il a même été annulé sur ce fondement.

Il marqua une pause, le regard plongé dans les yeux d'Emerald, qu'il vit s'écarquiller lorsqu'il expliqua la suite :

— Tu es la seule femme avec qui j'ai eu des relations depuis notre rencontre, il y a six ans.

— Je... Je ne suis pas sûre de te croire, souffla-t-elle, rougissante.

— Crois-moi, parce que c'est vrai.

— Mais Luljeta est très belle...

— Et alors ? Tu crois qu'un homme ne sait pas contrôler ses plus bas instincts ? s'enquit-il, offensé. Je n'étais pas attiré par elle pour une myriade de raisons, et surtout parce qu'elle avait d'abord été la fiancée de mon frère. D'ailleurs, je ne l'attirais pas non plus. De toute façon, à ce moment-là, je t'avais déjà rencontrée, et tout avait déjà changé. Tu m'avais enchanté, Emerald, et le sort que tu m'as jeté cette nuit-là n'a jamais perdu de sa puissance.

J'avais l'intention de te revoir une fois mon abdication validée. Et puis, j'ai dû organiser un voyage en Angleterre : alors pourquoi attendre ? Je me demandais si tu travaillais toujours au club. Pourquoi crois-tu que j'ai organisé une soirée là-bas, alors que l'ambassade de Sofnantis est bien plus luxueuse ? C'était un simple pari, mais s'il y avait une chance...

Il ferma les yeux un instant.

— Et tu étais bien là.

— Laisse-moi deviner... Tu voulais une dernière nuit avec moi pour purger tes fantasmes et te délivrer de moi ?

— Peut-être que c'était ce que j'espérais au début, oui. Je n'en sais rien. Je me suis longtemps menti à moi-même.

Elle se mordit la lèvre ; il avança d'un pas.

— Tu m'as demandé d'être honnête, Emerald. C'est ce que je te donne, mon honnêteté. Quand tu es rentrée avec moi à l'ambassade cette nuit-là...

Il s'éclaircit la gorge, mal à l'aise.

— Cette nuit était comme l'apogée de tous mes fantasmes. Des ébats, sublimes, avec la femme de mes souvenirs, celle qui m'avait hanté pendant toutes ces années. Et puis, tu m'as avoué l'existence d'Alek. Cette révélation, après ce que nous avions partagé, m'a donné une bonne raison de te retirer ma confiance, et c'était exactement ce que je voulais : la méfiance, c'était une façon de me protéger, une stratégie que je connaissais bien mieux que l'autre possibilité, c'est-à-dire...

Il ne reconnaissait pas sa voix, rauque d'ardeur.

— C'est-à-dire de t'aimer.

Emerald s'appuya contre le bar, silencieuse, et savoura ses mots comme une caresse de velours ; ces mots qu'elle n'aurait jamais cru entendre de lui, ces mots qu'elle avait si souvent imaginés, dans ses rêves les plus fous. Comme c'était étrange, d'avoir tant désiré cet instant, et d'en être soudain si effrayée. Car comment survivrait-elle à un tel espoir si cet instant n'était pas réel ? Si, de nouveau, elle imaginait ce qui ne pouvait jamais arriver ?

— Qu'est-ce que cela veut dire pour nous ? souffla-t-elle.

— Je ne veux pas d'un mariage arrangé. Je veux un vrai mariage. Jusqu'à ce que la mort nous sépare. Mais je ne sais pas ce que toi, tu veux, Emerald.

Elle leva les yeux et trouva son regard saphir, où la sincérité brûlait avec une intensité vraie et vulnérable. Mais elle avait besoin d'en être certaine. Elle avait besoin de se protéger, après tant de déception. Et pour cela, elle devait elle aussi ouvrir son cœur, et admettre ce qu'elle ressentait pour lui.

— Je t'aime aussi, murmura-t-elle. Je t'ai toujours aimé, même alors que je faisais tout ce qui était en mon pouvoir pour t'oublier, pour contrôler mes sentiments. Je t'ai aimé même lorsque tu me repoussais et me faisais tourner en bourrique. Je n'ai jamais cessé de t'aimer. Oh ! c'est un tel soulagement de le dire enfin à haute voix...

Sa voix mourut contre son épaule lorsqu'il l'attira à lui. Elle releva le visage pour caresser sa mâchoire dure et rugueuse, le regard perdu dans le sien.

— Et c'est un tel soulagement de te l'entendre dire, admit-il, une pointe d'amusement dans la voix. Même si je m'en doutais.

— Tu es si arrogant, Kostandin.

— Peut-être, concéda-t-il. Mais tu m'aimes comme ça, n'est-ce pas ?

— Demande-le-moi dans un an.

Alors, enfin, il l'embrassa, d'un long baiser, passionné et profond, un geste de possession, de tendresse, de symbiose qui fit chanter son cœur et ses veines. Lorsqu'elle brisa leur étreinte pour reprendre son souffle, elle trouva son regard aussi brillant que le sien.

— Oh ! mon chéri. Mon amour, murmura-t-elle.

— Dis-moi ce que tu veux, Emerald. Je ferai tout ce qui est en mon pouvoir pour te l'offrir.

Enfin, après tant de difficultés, tout était si simple. Aussi simple que respirer. Elle avait le droit de caresser son visage, ses cheveux soyeux, de suivre l'esquisse de sa bouche sublime. Elle ne voulait rien de ce qu'il avait la possibilité de lui donner : ni des palais, ni des pierreries, toutes ces choses remplaçables. Elle ne voulait rien, sauf cette émotion, à cet instant, cette plénitude… et lui.

— Toi, dit-elle alors que ses lèvres taquines se refermaient sur son doigt. C'est tout ce que je veux, Kostandin. Toi.

Épilogue

— Papa, lis-moi une autre histoire, s'il te plaît !

Le petit garçon, luttant vaillamment contre la fatigue, avait levé ses grands yeux pleins de sommeil vers lui, et le cœur de Kostandin se serra d'un amour infini.

— Pas ce soir, répondit-il en souriant, puis il planta un baiser sur son front. Tu as eu une dure journée, et demain sera tout aussi fatigant !

Alek bâilla bruyamment.

— On retournera faire du snorkeling ?

— Bien sûr, si tu veux.

— Et on verra une autre tortue ?

— Peut-être... Mais d'abord, il faut que tu dormes, jeune homme, et je vais aller dîner avec ta maman.

Le petit garçon cligna ses longs cils.

— Tu crois qu'elle a aimé son gâteau d'anniversaire, papa ? murmura-t-il en se pelotonnant sous sa couverture. Tu avais déjà fait un gâteau avant ?

— Jamais, reconnut Kostandin en riant. C'est pour ça qu'il était aussi moche !

Un autre baiser, et les gloussements du petit garçon s'éteignirent, emportés par le sommeil. Kostandin s'adossa un moment au chambranle pour contempler le rythme régulier de la respiration de son fils avant de quitter la chambre sur la pointe des pieds, empli de tendresse. D'un pas vif, il rejoignit la terrasse qui surplombait la crique toute proche. Comme l'année précédente, ils passaient les grandes vacances dans la dépendance de leur résidence d'été, et, comme l'année précédente, il était profondément heureux. Plus heureux qu'il n'avait jamais cru pouvoir l'être.

Très touchés d'avoir reçu un message de félicitations de la part de Luljeta, Emerald et lui s'étaient mariés lors d'une cérémonie discrète – elle n'avait pas voulu que l'on compare son premier mariage au leur, ou que leur fils soit exhibé lors d'une cérémonie plus fastueuse que nécessaire. Depuis, leur nouvelle existence avait été caractérisée par une joie sans limites. Kostandin s'était très vite rapproché de son petit garçon, et avait décidé de tirer les leçons de son passé plutôt que d'en regretter les dommages occasionnés. Ils étaient devenus une famille ; une véritable famille, aimante, complice, dénuée de mensonges et de souffrance.

Emerald avait eu raison. Lié par l'amour, il s'était délivré des chaînes de la monarchie. Sa position n'était plus un fardeau, mais une mission enrichissante. Ses sentiments ne lui faisaient plus peur. La femme qu'il aimait lui avait prouvé qu'il pouvait montrer ses émotions sans en être puni. Entre eux, ils avaient créé une famille royale moderne, et travaillaient à ce que l'éducation d'Alek soit aussi normale que possible.

Il ouvrit les portes vitrées et congédia le domestique qui venait juste d'allumer la dernière bougie. Puis, il s'installa pour attendre sa femme. Ses pas légers retentirent bientôt dans le couloir, et, comme toujours, le cœur de Kostandin bondit dans sa poitrine.

— Kostandin ?

Il ne répondit pas mais leva les yeux. Elle s'était arrêtée sur le seuil – une vision divine dans sa robe légère dont la soie caressait la courbe de son ventre, ses cheveux ruisselant comme de l'or sur ses épaules nues. Dans la lumière dansante des bougies, avec cette expression d'enchantement sur son beau visage, elle paraissait presque irréelle.

— Kostandin… Qu'est-ce que c'est que tout cela ?

— Joyeux anniversaire, mon amour, dit-il, avant de grimacer. Tu trouves que c'est trop ?

Trop ? Emerald reprit son souffle et sortit sur la terrasse, inspirant au passage le parfum envoûtant des roses qui couvraient presque toutes les surfaces, illuminées par des dizaines de bougies dont les lumières douces rappelaient le scintillement éparpillé des étoiles. La dépendance était relativement modeste – d'où la préférence d'Emerald pour cette bâtisse plutôt que pour la grande villa – mais donnait directement sur la mer, et le chant du ressac berçait la scène. Une table avait été installée dehors, avec une bouteille de sirop de fleur de sureau, son péché mignon depuis le début de sa grossesse.

Les larmes lui montèrent aux yeux, et, pendant une seconde, elle ne parvint pas à lui répondre. Et dire qu'elle lui avait un jour reproché de n'être pas assez romantique ! Aujourd'hui, Kostandin lui montrait son amour dès qu'il en avait l'occasion. Il était l'époux le plus tendre, le père le plus enthousiaste. Elle avait éprouvé tant de bonheur à observer sa relation fleurir avec Alek ; à voir s'épanouir sa patience et sa douceur, enfin assumées, parce qu'il avait trouvé un environnement où il était aimé pour lui-même. Son règne, lui aussi, s'était épanoui avec sa joie, et son peuple l'adorait plus que jamais.

Alek était heureux à l'école internationale de Plavezero, et Emerald travaillait d'arrache-pied afin de faire honneur à son pays d'adoption. Elle apprenait la langue, avec un certain talent, et ses photos du roi avaient été exposées à travers le pays, saluées par la critique, puis publiées dans un livre dont les bénéfices avaient été reversés à une organisation caritative pour les personnes sans-abri. Elle voulait que son talent soit au service des autres ; elle souhaitait être une reine dont Kostandin serait fier.

Sa seule source de mélancolie avait été la réaction de sa sœur à la nouvelle de son départ et de celui d'Alek. Bien sûr, sa jumelle était très heureuse pour eux, mais elle avait souffert d'être séparée d'Alek et de sa sœur.

— Non, bien sûr que vous devez partir, avait-elle sangloté. Mais Alek va beaucoup, beaucoup me manquer, Emmy.

Emerald avait pleuré aussi, et juré à sa jumelle chérie qu'une place l'attendrait toujours à Sofnantis.

À Sofnantis, où son mari la contemplait maintenant avec amour. Elle s'élança dans ses bras avec un petit rire mouillé.

— Juste un tout petit peu trop, dit-elle. Tu n'as pas besoin de te donner tant de peine, tu sais.

— Ah, mais tu ne comprends pas, c'est un plaisir, rétorqua-t-il dans un sourire, en embrassant le bout de son nez, la rondeur de sa joue, puis, lentement, la courbe de son cou.

— Tu sais, ce qui compte le plus à mes yeux, c'est la façon dont tu prends soin de moi, la façon dont tu protèges notre bonheur, à moi et à Alek, murmura-t-elle à son oreille. La façon dont tu m'as épaulée et chérie pendant ma grossesse.

Il posa sa main chaude sur son ventre. Sa voix se fit plus rauque, tendue d'émotion.

— J'essaye de rattraper ce que j'ai manqué la première fois.

— Je sais, murmura-t-elle en caressant sa joue. Et c'est une des raisons pour lesquelles je t'aime.

— Donne-moi une autre raison, demanda-t-il en souriant, avec cette arrogance taquine qu'il avait toujours, mais qui se transforma bien vite en intensité ténébreuse alors qu'elle laissait glisser sa main le long de son torse dur.

— Ça aussi, par exemple, susurra-t-elle en refermant audacieusement les doigts sur son érection.

Il laissa échapper un rire bas, lumineux de plaisir et de passion, alors qu'elle le caressait lentement ; et quand il perdit patience, il la souleva dans ses bras et la porta jusqu'au grand sofa extérieur pour la déshabiller, embrassant chaque parcelle de sa peau dévoilée, alors que la lune d'argent montait sur l'océan de Sofnantis.